KB177826

작가정신 35주년
기념 에세이

소설엔 마진이 얼마나 남을까

김사과, 김엄지, 김이설, 박민정, 박솔뫼
백민석, 손보미, 오한기, 임 현, 전성태
정소현, 정용준, 정지돈, 조경란, 천희란
최수철, 최정나, 최진영, 하성란, 한유주
한은형, 한정현, 함정임

작가
정신

차례

일러두기
본문에 수록된 사진은 모두 해당 글의 작가들이 직접 제공한 것입니다.
작가들의 실제 작업실 풍경을 비롯해 글을 쓸 때나 쓰기 전에
자주 찾고 머물던 공간들, 글을 쓰는 데 영감을 준 사물 등 소설 쓰기와
관련된 다양한 이미지들을 수록했습니다.

소설을 쓰고 읽으면서
나는 다른 삶을 꿈꿀 수 있습니다.
계속하여, 꿈을 꿀 수 있습니다.

디즈니랜드에서
글쓰기

김사과

2005년 「영이」로 창비신인소설상을 수상하며 등단. 소설집 『O2』『더 나쁜 쪽으로』, 장편소설 『미나』『풀이 눕는다』『나b책』『테러의 시』『천국에서』『N.E.W.』, 중편소설 『0 영 ZERO 零』, 산문집 『설탕의 맛』『0 이하의 날들』『바깥은 불타는 늪/정신병원에 갇힘』이 있다.

올해 상반기 개봉하여 흥행에 성공한 〈범죄도시
2〉는 상상 속 범죄도시 호치민을 배경으로 한다. 그
영향인지는 몰라도 호치민시의 악명 높은 오토바이
소매치기에 관한 이야기를 자주 전해 들었다. 삼 년
만의 해외여행의 목적지로 호치민을 선택한 나는 고
민 끝에 소매치기 방지용 핸드폰 목걸이와 지퍼가 달
린 안주머니가 있는 작은 가죽 가방을 샀다. 사실 나
는 이런 식의 해외여행의 위험성에 대한 루머에 민감
하다. 그래서 몇 넌 전 이탈리아에 방문할 때는 소매
치기 방지 목적의 휴대용 여행 가방과 캐리어 잠금용
쇠사슬(?), 그리고 자물쇠를 한 뭉치 샀는데, 기차에
탈 때마다 매번 커다란 캐리어를 쇠사슬로 칭칭 감아

기차 선반에 묶은 다음 자물쇠로 채우는 나를 남자 친구는(현재 남편) 신기하게 바라보았고 실제로 내가 탄 기차에 그런 식으로 가방 안전에 집착하는 사람은 없었다. 게다가 내가 아마존에서 구매한 휴대용 여행 가방은 솔직히 너무 못생겨서 자괴감이 들 정도였고, 귀여운 크로스 백을 멘 채 미술관과 관광지를 쏘다니는 상큼한 여성 관광객들을 음울한 시선으로 바라봐야 했다…….

하지만 여기는 호치민이잖아. 저 거대한 오토바이들의 행렬을 보라! 결과적으로 핸드폰 목걸이는 대단히 편리했고, 지난 여행의 교훈으로 디자인을 고려하여 구입한 작은 가죽 가방은 나를 부끄럽게 만들지 않았다. 한편 오토바이들은 소매치기 때문에 두렵다기보다는, 그저 압도적이라는 말 외에는 설명이 불가능했다.

그 외에도 여러 가지 압도적인 것들이 많았다. 아니 나는 자주 압도되었다. 도시의 활력에, 이국성에, 숨 막히는 더위에, 스콜 직전의 스산한 바람에, 도시의 더러움에, 난잡함에, 역동성에, 빈부 격차에, 그 외에도 온갖 것들이 나를 압도했다.

여행을 자주 다니던 시절, 내가 새로운 행선지를 발표하면 가족은 심드렁한 표정을 지었다. 사람들로 바글바글한 찌들 대로 찌든 대도시에 굳이 뭐하러 가느냐는 것이다. 실제로 요즘 등산에 심취한 어머니는 내가 들어본 적도 없는 한국의 명산들을 주말마다 방문하고, 그에 대해서 나는 반대로 심드렁하다. 관광명소 방문에 대한 나의 개인적인 적대는 어린 시절 빡빡한 스케줄의 현장학습과 수학여행에 진절머리를 냈던 경험에서 비롯된 것 같다. 물론 나도 도시들에 지긋지긋해질 때가 있었고, 한동안 리조트 타운을 탐방해보기도 했다. 하지만 갇혀 지낸 지난 몇 년 사이 나는 흡혈귀처럼 바깥세상에 굶주렸다. 휴식과 재충전이 아니라 나와 다른 인간들, 다른 세계에 잔뜩 허기가 졌다.

결과적으로 호치민은 센스 있는 요리사처럼 나의 굶주림을 해소시켜 주었다. 실제로 호치민에는 맛집들이 많다. 베트남에 대한 나의 막연한 편견과 달리 그곳의 우유는 부드럽고, 굴은 크리미하고, 차는 달콤했다. 거리의 꼬질꼬질한 개들은 붙임성이 아주 좋았고, 허리를 꼿꼿하게 세운 채 달려나가는 오토바이 여자들은 늠름했으며 식료품점 매대를 가득 채운 이름 모를 향신료들, 그리고 부동산 열기로 가득한 고층 빌딩의 공사 현장까지 나는 눈앞에 펼쳐진 온갖 이미지를 대식가처럼 먹어치웠다. 이런 탐욕적인 나의 태도에 대해서 사람들은 호의적이었다. 왜냐하면 여행객이니까. 값비싼 가격과 불필요한 팁을 기꺼이 지불하는 사람 좋은 여행객이니까. 지갑이 홀쭉해지기 전에 돌아갈 그런 간편한 일회용 여행객이니까.

*

소설을 처음 쓰기 시작했을 때 몇 달씩 해외에 머물며 책을 쓰는 호사를 누렸다. 이국에 머물며 모국어로 글을 쓴다는 것은 언뜻 그럴듯하게 느껴지지만 사실상 자청해서 부적응자의 삶 속으로 걸어 들어가는 것이나 마찬가지다. 아는 사람도 없는 데다가 학교에도 직장에도 다니지 않으니 누구와도 친해지기가 쉽지 않다. 생경한 현지어와 암묵적인 국제 공용어인 영어, 그리고 익숙한 한국어 사이에서 길을 잃게 된다. 결정적으로 여행자도, 학생도, 노동자도, 현지인도 아닌 모호한 위치 때문에 쉽게 수상한 사람 취급을 당한다. 여행자의 눈에는 약간 모자란 현지인으로 보이고 현지인들의 눈에는 수상한 사람으로 보이는 그런 일상.

매일 같은 곳에서 장을 봐도, 매일 같은 커피숍에 가도, 매일 같은 하늘을 바라보아도 익숙해지지 않는다. 그렇다고 모든 것이 새로울 만큼 드라마틱한 일이 벌어지지도 않는다. 한 권의 책을 쓴다는 것은 규칙적인 생활을 요구한다. 글쓰기는 생각보다 일상을 지루하게 만들고, 반대로 생각하면 일상이 지루해질수록 글쓰기에는 좋다.

스티븐 스필버그가 영화로 만들어 유명해진 〈태양의 제국〉의 원작자인 영국의 소설가 J. G. 발라드는 환상적인 책들의 내용과 다르게 런던 히드로 공항 근처의 무미건조한 서버브에 살았다. 즉, 일상의 지루함은 어떤 면에서 글쓰기의 필수 요소다. 그렇다면 여행지에서 글을 쓴다는 것은 대체 무슨 의미지?

내 생각에 여행지에서의 글쓰기란 디즈니랜드에서 독서를 하는 것과 비슷하다. 남들은 놀이 기구에 올라타 환호하고, 페스티벌 행렬 앞에서 사진을 찍고, 솜사탕을 들고 뛰어다니기 바쁜데, 홀로 놀이공원 구석의 커피숍에 앉아 맛대가리 없는 커피를 앞에 두고 두꺼운 소설책을 읽고 있는 것이다.

　―어머, 쟤 좀 봐. 왜 놀이공원까지 와서 책을 읽
　　을까?
　―글쎄? 괴짜인가 봐.

괴짜라기보다는 꼴통이고 확실히 이상한 사람이다. 군이 저 멀리까지 가서 존재하지 않는 일상을 가장하며 지내는 것은. 혹은 그저 글쓰기를 핑계로 현실을 회피하고 싶은 것은 아닐까?

사람들이 책을 쓰는 이유는 여러 가지가 있을 것이다. 돈을 벌고 싶어서, 유명해지고 싶어서, 아니면 사람들에게 자신의 깊은 속내를 전하고 싶어서. 책을 읽는 사람들도 여러 이유가 있을 것이다. 진리 탐구를 위해, 똑똑해지고 싶어서, 교양 있어 보이려고, 혹은 인간 자체에 대한 호기심 때문에. 기타 등등. 하지만 결국 작가와 독자를 잇는 가장 강력한 끈은 현실 도피적 환상이 아닐까, 나는 가끔 생각한다.

그러니까 나에게 글쓰기는 여러 가지 의미가 있지만 여행과 같은 뜻일 경우가 많다. 여행을 떠날 때 사람들은 언제나 약간은 허무맹랑한 기대에 젖어든다. 짧고도 강렬한, 한여름 밤의 꿈 같은 일이 벌어지기를. 근사하고 달콤하지만 아무 해가 없는. 그래서 더욱 치명적인 이벤트가 벌어지기를. 왜냐하면 돌아갈 거니까. 아무것도 책임질 필요 없는, 현실에서 5센티미터 정도 붕 떠 있을 수 있는 특권이 여행자에게 있다. 그저 돈을 쓰고 좋은 시간을 보내면 되니까. 가장 숨 막히는 독재 국가조차 여행자에게는 관대하다. 아무튼 그들은 돌아갈 테니까, 좋은 추억과 함께.

　　하여 나는 오늘도 노트북을 열고 여행자를 가장하여 존재하지 않는 세계로 여행을 떠난다. 상상 속 디즈니랜드에 앉아 세상 심각한 얼굴로 커피를 홀짝이며 무미건조한 글자들을 이어 붙여 아주 잠깐 달콤한 꿈을 꿀 사람들의 꿈을 상상해본다.

그다음 일

김엄지

2010년 《문학과사회》 신인문학상에 「돼지우리」가 당선되어 등단. 소설집 『미래를 도모하는 방식 가운데』, 장편소설 『주말, 출근, 산책 : 어두움과 비』, 중편소설 『폭죽무덤』 『겨울장면』 등이 있다.

1

'참삶'이라고 쓰여 있었다. 갈색 항아리에 흰색 래커로.

삼척 해안도로에 접한 인도를 걷던 중이었다.

해안 절벽, 바다를 향한 쪽으로 컨테이너 박스가 하나 있었다.

컨테이너 박스 앞에 작은 텃밭과 항아리가 있었다.

이런 곳에 컨테이너를 놓고.

주변에 흙을 잘 다지고, 뭘 심고, 항아리에 참삶을 쓰는 마음.

나는 뭔가 쓰는 사람이니까.

참쓺이라는 것도 말이 되지 않을까, 생각해보기도 했다.

말뿐인 말로 참쓺이 떠올랐을 뿐이었다.

나 혼자 그 항아리를 본 것은 아니었다.

일행 J, B, Y와 함께였다.

참삶이 뭐야?

참삶이 뭐지?

그런 대화를 하며 해안 절벽을 지나 어촌 마을이 나올 때까지 걸었다.

걷는 내내 파도 소리가 크게 들렸다.

걷다가 생선구이, 갈치조림, 막회를 먹고.

해변 매점에서 비스킷과 우유를 사 먹었다.

뜨거운 햇볕 아래에서 오래 놀았던 일행 Y는 먹은 것들을 다 토했다.

토사물이 묻은 입가, 종아리를 닦으러 바다로 다가가는 Y의 뒷모습을 보았다.

해변 모래에 깨끗하고 굵은 나뭇가지 하나가 꽂

꽂이 서 있었다.

토사물을 다 닦은 Y가 그 나뭇가지를 뽑아 들고
웃었다.

들고 뛰었다.

모래에서 뛰노는 Y를 보니 토하고 난 뒤의 몸과
마음을 잘 알 것 같았다.

하루 더 자자.

하루 더 잘 수 없다.

그런 말을 일행과 나눈 뒤에 차를 타고 집으로 돌
아왔다.

2

어제는 낮에 카페에서 글을 썼다.

밤에는 천변을 걸었다.

밤이 돼도 계속 더웠다.

쿵쿵하는 큰 소리가 들려 그쪽으로 걸었다.

천변 다리 밑 공터에 한 무리의 인파가 모여 있었다.

오십 명은 족히 되지 않을까.

사람들은 일정한 간격을 두고 서서 체조를 하고 있었다.

나는 맨 뒤로 가 합류했다.

내 앞에 보이는 아무나, 그의 몸짓을 따라 팔다리를 흔들었다.

단순하지만 나름의 까다로움이 있는 동작들이었다.

다리 밑을 울리던 비트가 한순간 멈췄다.

사람들은 조용히 흩어졌다.

나도 내 갈 길을 찾아 천천히 걸었다.

걷다가 지쳐 앉을 만한 돌을 찾아 앉았다.

앉은 곳 바로 앞에 물이 흐르니 손가락을 담가 뭐라도 써보고 싶었다.

물에 쓴 은혜. 돌에 쓴 원수.

아직 물에는 아무것도 쓰지 않았다.

원수는 수백 수천 번 마음에 새겼다.

새긴 자리에 또 새기니 마구 파여 정작 원수의 이

름은 희미하다.

참삶을 사는 사람은 원수도 은혜도 없는 마음이
려나.

참삶을 사는 사람은 무엇도 쓰지 않고 살겠지.

3

집으로 돌아가는 길에 꺾인 우산을 보았다.

우산은 보도블록 한가운데 놓여 있었는데 공중에
붕 떠 있는 것처럼 보이기도 했다.

손잡이는 시작일까, 끝일까?

고의로, 작정하고 분풀이를 한 것 같은데.

그래서 풀렸을까?

우산을 그렇게 만들었을 사람을 생각해보기도 했다.

저 우산에서부터 이야기가 시작된다면.

진부하려나.

진부한 게 꼭 나쁜 건 아닌데.

그럼 나쁜 건 뭘까?

그런 생각은 우산 앞에서 하지 않았다.

그런 생각은 지금 막 해본 생각이다.

4

지금 카페 종업원은 주전자에 담긴, 김이 나는 뜨거운 물을 대리석 바닥에 뿌리고 그 위를 대걸레로 닦고 있다. 내 앞에서 서서 그 일을 반복하고 있다. 네 발이 놓인 곳의 바닥을 닦고 싶으니 나가달라는 뜻인 것 같다.

카페에 손님은 아직 둘 더 남아 있다.

지금 카페 안에서는 how's it going to end, 하는 노래 가사가 흐른다. 흐르고 있다. 에어컨 바람이 내 어깨, 코를 지나 테이블에 놓인 빨대를 건든다.

무엇도 묘사하고 싶지 않다. 서사는 더 괴롭다. 그럼 이제 어떻게 해야 할까?

이제 어쩌지? 언젠가 J에게 물었을 때.

잘릴 때까지 네 맘대로 하다가 잘려. 그런 대답을 들었다.

그것은 참답이었다.

참삶이나 참쓺, 참답이 지나간 다음이기 때문에.

이 카페는 곧 영업을 종료한다. 9분 뒤에.

여름에는 유독 더 정신이 없다.

여름을 사는 동안에 여름에 시달리고, 그게 싫은지 좋은지 마음을 정할 수가 없다.

소설을 쓰는 동안에도 그렇다. 마음을 정할 수 없다.

'소설을 쓰는 동안에' 이런 문장은 안 쓰고 싶었다.

피할 수 없어서 쓴다.

피할 수 없고 돌이킬 수 없는 것들만이 내 문장이 된다.

너무 비장하다.

카페 종업원이 에어컨을 끄고, 스피커를 끄고, 그리고 다른 더 끌 것들이 없는지 여기저기 살피고 있다.

나는 이제 테이블 위에 벌려놓은 것들을 가방에 넣고, 가방을 메고.

그다음에는 '그다음 일'을 생각해야겠다.

더도 말고
덜도 말고
여섯 시간

김이설

2006년 《서울신문》으로 등단. 소설집 『아무도 말하지 않는 것들』『오늘처럼 고요히』, 경장편 『나쁜 피』『환영』『선화』『우리의 정류장과 필사의 밤』, 연작소설집 『잃어버린 이름에게』가 있다.

07:00 ~ 08:00	기상 및 아이 등교시키기
08:00 ~ 10:00	걷기
10:00 ~ 12:00	간단한 집안일과 점심 식사
12:00 ~ 18:00	카페에서 소설 쓰기
18:00 ~ 24:00	저녁 식사 및 휴식 + 독서

이 단출한 하루 일과를 만들기까지 걸린 시간이 무려 십오 년이다. 매일 여섯 시간의 고정적인 작업 시간을 확보하기까지 걸린 시간이 무려 십오 년이라는 뜻이다. 그러니까 등단을 하고 십오 년 동안은 이럴 수 없었다는 것인데, 그럼 어떻게 썼느냐. 두 아이들이 유치원이나 학교에 가 있을 때, 아이들이 자는

동안, 혹은 기적처럼 엄마를 방해하지 않고 저희들끼리 잘 놀아줄 때를 놓치지 않고 장소와 시간을 가리지 않은 채 노트북을 펼쳤다. 언제 어디서든 쓸 수만 있으면 썼다. 노트북이 아니면 핸드폰 메모장에다 쓰기도 했다. 다분히 분절적인 쓰기였다. 연속적으로 진득하게 쓰기가 불가능한 시절이었다. 아이를 키우며 글을 쓰는 작가 엄마들이라면 내가 유난한 엄마가 아니라는 걸 알 것이다.

나는 멀쩡한 책상을 두고도 대체로 식탁 앞에서 글을 써야 했다. 잠든 아이 옆에 엎드려서 쓰다가 잠들기 일쑤였고, 아이를 안거나 업고 쓰던 일은 부지기수. 명절이라 찾아간 시가에서는 밥상을 펴놓고 쓰기도 했고, 마감이 코앞이면 무작정 친정 엄마를 불러 아이들을 맡겨놓고 도망치듯 카페로 나가 글을 쓴 경험도 한 두 번이 아니다.

그러니 글쓰기 체력을 기르기 위해 매일 달리기를 하고 작업이 끝나면 시원한 맥주를 마신다는 남자 소설가들은 기이하게 보일 정도였다. 뿐인가. 유명한 노작가는 어느 인터뷰에서 매일 간단히(!) 면으로 점심 식사를 한 뒤에 작업을 하고 저녁엔 청국장에 밥,

나물 반찬을 먹어야 밤까지 작업을 할 수 있다고 말한 걸 읽고선 소설가의 아내로 사는 것과 소설 쓰는 작가 엄마로 사는 일에 대해서 생각해보았다. 매일 국수를 삶고 나물을 무치는 것과 잠이 부족하고 피로가 쌓인 채로 아이를 키우고 소설 쓰는 것 중에서 무엇이 덜 힘들까.

아무튼 오전 걷기와 오후 여섯 시간 작업이라는 루틴이 생기기까지 십오 년이 걸린 건 둘째아이가 중학생이 된 이후부터였다. 집에 초등생이 사라진 후에야 가능해진 일과였던 것이다. 소설가가 되기까지 십 년이 걸렸고, 다른 소설가들처럼 살기까지 십오 년이 걸렸으니, 세상 참 쉬운 일 없다.

매일 여섯 시간 작업 루틴이 생긴 이후의 변화가 몇 가지 있는데, 그중 하나는 마감을 어기지 않는다는 것이다. 부끄럽지만 나는 마감을 잘 지키지 못하는 작가였다. 마감 날짜를 잊기도 잘했고, 미루는 일도 잦았다. 그런데 웬걸, 하루 여섯 시간, 더도 말고 덜도 말고 매일 여섯 시간만 작업을 했을 뿐인데, 소설은 물론, 에세이 청탁 등 어떤 마감이든 넉넉하게 여유를 남겨놓고 일정을 소화하기 시작했다. 심지어 마감이 없는 단편소설을 쓰거나, 오래 계획만 세워왔던 장편소설을 완성하기까지 했다. 매일 동일한 작업량도 아니었다. 원고지 70여 매까지 써본 적도 있지만 대체로 4, 50매 내외였고, 10매를 못 넘기는 날도 많았다. 그러나 동일한 작업량이 아닐지라도 매일의 반복, 꼬박꼬박의 힘은 무시할 바가 아니었던 것이다.

또 다른 변화는 작업 일지를 쓸 수 있게 된 것. 인스타그램에 올리고 있는데, 그날의 노트북 시작 페이지와 그날의 음료 사진에 그날의 작업 내용과 분량 등을 기록하는 형식이다. 처음엔 그저 일상을 올리려는 목적이었다. 그러나 나의 일상이라는 것이 읽고 쓰는 것이 대부분이었으니. 자연스럽게 작업 일지가 되어버렸다. 이제 내 피드를 열어보면 노트북 화면과 음료 사진이 주욱 펼쳐진다. 그 특징 없이 밋밋한 사진 500여 장을 보다 보면 그간 내가 열심히 살아온 것 같아서 스스로가 기특하다. 소설가가 소설을 쓰는 일이란 당연한 것이지만, 나는 몇 년 동안 소설을 통 못 쓰던 시절을 호되게 앓았으므로, 이렇게 꾸준히 쓰고 있는 스스로가 얼마나 대견한지 모르겠다. 잘 쓰고 못 쓰고는 차후의 문제. 일단 다시 쓸 수 있게 된 점. 일단 오늘도 썼다는 사실, 오늘도 쓸 수 있었다는 것만으로도 충만하다는 사실. 그 뜻깊은 기록이어서 의미 깊은 작업 일지가 되는 것이다.

작업 일지를 쓰면서 생긴 변화도 있다. 그건 동료 작가들이나 후배 작가들에게 메시지를 받는 일이 왕왕 있다는 것이다. 친분이 있는 작가일 때도 있지만 일면식이 없던 작가에게도 연락을 받을 때가 있다. 그러나 내용은 대체로 거의 동일하다. 하나같이 나의 작업 일지를 잘 보고 있다면서 그 글을 보면서 자기도 힘을 얻고 있다며, 자기도 열심히 써야겠다는 마음을 갖게 된다는 것이다. 일종의 자기 다짐의 글이자 계속 나를 응원하겠다는 글이다. 내가 한 일이라곤 내 작업 일지를 올린 것밖에 없는데 그들에게 고맙다는 인사를 받으니 송구한 마음이 든다. 그러나 그들이 왜 그런 인사를 건넸는지, 사실 나는 그 이유를 너무 잘 알 것 같다.

소설이란 결국 골방에서 혼자 쓰는 일. 세상에서 나 혼자 외롭고 쓸쓸한 시간을 견뎌가며 언어를 쌓아 올리는 일인데, 누군가 나처럼 오늘도 변함없이 외롭고 고독한 소설 쓰기를 하고 있으니 얼마나 반가웠을까. 혼자가 아니라는 안도가, 내가 하는 소설 쓰기가 영 소용없는 일이 아니라는 확신이, 동료가 선배가 후배가 아직 지치지 않고 여전히 쓰고 있다는 든든함이 얼마나 반가웠을까. 그 반가움에 덥석 손을 먼저 내민 것이라는 걸 누구보다도 내가 더 잘 알겠는 것이다.

그래서 나는 이 작업 일지를 올리는 걸 멈출 생각이 없다. 작업 일지를 쓰기 위해서라도 매일 쓰기를 멈추지 않을 생각이다. 전후 과정이 뭐 중요한가. 여하튼 열심히 쓰겠다는 것이 중요하니까. 나만 열심히 쓰는 게 아니라, 모두 열심히 쓰겠다고 마음먹게 한다니 그만둘 수 없는 일이 되어버렸다. 그들에게 나는 늘 같은 문장을 답장으로 건네곤 하는데, '건강하게 오래 씁시다', '우리 같이 씁시다'라는 문장. 짧지만 진심을 담은 말. 진심은 진심으로 통한다고 믿는다.

몇 장 못 썼는데 오늘 치의 여섯 시간이 다 지나가버렸다. 문득 의문이 든다. 하루의 4분의 1인 여섯 시간은 많은 시간일까, 적은 시간일까. 그렇다면 인생의 4분의 1은 긴 세월일까, 짧은 세월일까.

하루의 4분의 1을 소설 쓰는 데 할애하고 있는데,

소설은 내 인생의 지분 중에서 4분의 1밖에 안 되던가, 라는 의문이 든다. 사실은 그보다 훨씬 더 많은 지분을, 훨씬 더 커다란 부피를, 훨씬 더 긴 시간을 차지해오지 않았나. 겨우 하루의 여섯 시간만 할애해서는 안 되는 것이지 않나, 라는 의구심도 든다. 그래. 그래서는 안 될 거 같다.

하지만 나는 하루 여섯 시간이 나의 최선이라는 것도 안다. 하루 여섯 시간을 집중해서 쓰고 귀가하면 녹초가 되어버리고 마는 것을. 그래서 충분히 쉬어야만 다음 날 다시 여섯 시간을 쓸 수 있다는 것을. 과함은 부족함보다 못하다는 것도.

내가 언제까지 소설 쓰기에 하루 여섯 시간을 고수할 수 있을까. 아주 오랫동안 가능할 수 있다면 좋겠다. 동료와 후배 작가들과 약속했던 것처럼 건강하게 오래 쓰는 작가가 되어야 하니 더더욱 여섯 시간을 지키자. 부디 그러자고, 촌스럽지만 굳은 다짐 같은 것이라도 하고 싶어지는 것이다.

나는 더 이상
소설을 기다리지 않는다

박민정

2009년《작가세계》신인상을 수상하며 작품 활동을 시작했다. 소설집 『유령이 신체를 얻을 때』 『아내들의 학교』 『바비의 분위기』, 장편소설 『미스 플라이트』, 중편소설 『서독 이모』, 산문집 『잊지 않음』이 있다. 김준성문학상, 문지문학상, 젊은작가상, 현대문학상을 수상했다.

문학 전공생 시절에 어딘가에서 들었던 말이다. "영감을 기다리지 않는다, 우리는 그저 일을 하러 간다." 소설을 읽고 쓰며 살았던 지난 삶을 돌아보면 나는 언제나 그 말에 억압받았던 것 같다. 원어의 뉘앙스와 맥락이 정확히 어떤 것인지도 모르면서. 내내 그 말에 가깝게 살아보고자, 그 말을 실천하고자 했다. 소설 쓰기가 내게 정확한 노동이 되었으면 좋겠다는 바람. 한편으로는 읽고 쓰는 행위가 우리 사회에서 말하는 노동(산업사회의 임노동 개념을 아예 비껴갈 순 없겠지만)에 준하지 못하는 것 같다고 생각하는 자격지심.

어떤 이들은 직장인 표준 일과에 맞춰 성실하게

읽고 쓴다는 사실을 알고 있었다. 한창 건강하던 시절에조차 규칙적인 일상을 살지 못했던 나는 내가 하는 일이 노동이라는 것을 증명하는 데 마음을 쏟았다. 서른 살에 본가에서 독립하기 전까지 부모는 내 인생에서 소설 쓰기가 어떤 방식으로 수행되고 있는지 알지 못했다. 노트북을 들고 심야에 카페를 떠돌다가 새벽에 귀가하는 딸은 그저 방황하는 자식으로 보였을 것이다. 아침에 일어나서 하루 종일 노동하고 세 끼 밥을 챙겨 먹고 너무 늦지 않게 잠자리에 드는 일생을 살아온 부모에게는 아무 때나 잠들고 아무 때나 일어나는 내가, 누가 보는 데서 책을 읽거나 글을 쓰지 못하는 내가 노동하는 사람으로 보이지 않았을 것이다. 무엇보다 그 행위들을 통해 적은 임금이라도 벌지 못했다. 독립하고 나서야 저 자신을 스스로 먹여 살리는 자식을 보며 그래도 소설 쓰기가 내 인생에 어떤 보탬이 되는지 조금이나마 깨달았다고 했다. 원고료나 인세만으로 먹고살 수 있는 작가는 아니었지만 등단 후 십여 년간 생활할 수 있었던 이유는 당연히 소설 때문이었다. 소설은 결국 나를 먹고살게 했고 더 나은 미래를 도모할 수 있게 만들었다. 그러므로 소설은 내게 노동이었다. 어렵게 그 사실을 인정했는데, 최근에 더 이상 작품을 쓰지 못하게 되는 것 아닌가, 아예 한 줄도 쓸 수 없다고 생각했었다. 산업의 단어를 쓴다면 고용 불안, 그리고 나 자신의 심각한 노동력 저하를 실감한 순간이었다.

언젠가 며칠 내내 나는 또한 전공생 시절에 아프게 가슴에 새긴 말을 떠올렸다. 나는 언제나 그때를 전공생 시절이라 표현하며 문학을 가장 치열하게 사랑하던 때라고 기억하지만 어떤 이들에게 그때는 졸업을 앞둔 '취준생' 시절이었을 것이다. 어울리던 동기 몇 명이 이른 취직을 했고 모여 앉은 어느 날 밤 내게 누군가 말했다. "여기 다 출근해야 하는 사람들이야. 너처럼 한가하지 않아." 고작 그런 말 때문에 나는 상처를 받았고 소설을 쓰는 일과가 노동하는 일과와 별다르지 않으며 또한 직장에 출근하더라도 소설을 얼마든지 써낼 수 있다고 항변하고 싶었다. 나는 스스로에게 항변하며 살았다. 등단하던 무렵에도 나는 잦은 야근을 하며 소설과 상관없는 회사에 주 6일 출근하고 있었다. 어떤 선배는 그때의 나를 두고 다른 후배들에게 "박민정은 회사를 다니면서도 소설을 썼다더라, 그러니 우리도 힘내자"고 했다고 한다. 회사에 다니지 않을 땐 대학원에 다녔고 파트타임 잡을 여러 개 갖는다든지, 여하간 소설 쓰는 것은 한갓진 자의 취미가 아니라고 말하고 싶었던 걸까. 이제와 돌이켜보면 그런 것을 증명하고자 허공에 주먹질을 하며 애썼다.

내가 얼마나 간절하게 소설을 쓰는 것 그 자체를 원했는지, 최근에 '소설 쓰는 마음'이 심해 저 깊은 밑바닥까지 떨어져보고 나서야 알았다.

등단한 후에 활동을 포기한 사람들을 나는 너무 많이 알고 있었다. 그래서 두려웠다. 내게 더 이상 작품 쓰지 못하겠다고, 아니 혼자서 아무도 읽지 않을 글을 쓰는 것은 괜찮지만 발표하고 출간하는 일련의 활동을 하지 못하겠다고 했던 친구들에게 나는 뭐라고 당당하게 말했던가. 남이 뭐라고 하든지 자기 작품을 쓰면 된다고. 그렇게 간절히 원하던 발표 기회를 얻었는데 왜 그것을 포기하느냐고, 나는 그들에게 나약하다는 듯이 말하지 않았던가? 나는 언제나 그랬다. 과거 등단 직후 나는 문단 행사에 열심히 나가서 만나는 사람들에게 말했다. "저 재고(아직 발표하지 않은 작품) 많이 갖고 있어요. 언제든 불러주세요." 그 모습을 아직도 기억하는 사람들이 있다. 그때 나는 몸도 마음도 건강했다. 단 한 번도 비참하다고 생각하지 않았다. 내 작품이 아직 눈에 뜨일 만큼 힘을 갖고 있지 못하다고 생각하면서도 다음엔 더 잘 쓰자, 생각뿐이었다. 작품에 대한 소위 현장 비평이라는 것을 등단한 이후 오 년이 넘도록 받아보지 못했다. 그래서 나는 이런저런 문단 활동에 회의를 느낀다는 친구들에게 그토록 힘주어 말했던 것이다. "이런 나도 계속 힘을 내서 쓰는데, 너도 좀 강해져봐." 얼마 전 나는 내가 한 말을 떠올리며 많이 울었다. 그 오만한 말을 들은 사람들의 심정은 어땠을까. 이제야 나는 내가 오만했다는 것을 알게 되었다. 어떤 역경도 이겨내고 살아남아 글을 쓰는 작가의 이미지를 나와 그들 모두에게 강요했다는 것을 깨달았다. 누구도 그런 것을 강요할 수는 없다. 나는 만나고 헤어졌던 너무 많은 작가들의 얼굴과 이름을 떠올렸다. 그럼에도 불구하고 지속할 수 있다면 그저 다시 한번 운이 주어졌을 뿐이다.

나는 과분하게 운이 좋았다. 몇 개월 전부터 나는

이불을 박차고 일어나 소설을 썼다. 내 마음에 독이 있든 병이 있든, 그것이 작품으로 드러나서 흉이 되거나 죄가 되더라도. 언제나 나란 사람의 부족한 면이 작품으로 이어지면 어쩌나 걱정했지만, 이제는 부족함 없이 강하고 세련된 사람이 되겠다는 욕심은 아예 버렸다. 못생긴 작품이어도 쓰자, 그것이 못내 순진한 열정밖에 되지 못할지언정. 어느 날은 하루에 30매씩도 썼다. 밥을 굶거나 잠을 못 자면서 썼던 소설들이 출판사에서 거절당하고, 다시 퇴고할 용기도 나지 않아 서랍에 밀어두고 모른 척했던 과거의 날들을 떠올리면서. 그렇게 오랜 옛날 일도 아니었다.

다만 주먹 쥐고 달려가는 지금 나는 밥을 굶거나 밤을 새우지 않는다. 그럴 만한 체력이 되지 않는다. 나는 운동을 하며 소설을 쓴다. 주저앉고 싶을 때까지 달리거나 때론 수영장에서 헤엄을 치거나 발레 학원에 가서 햄스트링이 찢어지는 고통을 직접 느끼면서. 운동은 소설을 쓰기 위해 오랫동안 미뤄둔 것이었다. 그러나 이제는 안다. 식사를 미루지 않듯 운동을 미루지 않아야만 한 줄이라도 더 쓸 수 있다는 것을. 그리고 나는 예전보다 더 소설 쓰기를 사랑하고,

그보다 더 소설을 기다리지 않는다. 지금 나는 영감을 찾아 나서지 않고 다만 묵묵하게 책상 앞에 앉아서 일을 하는 사람의 모습에 좀 더 가까워졌다.

쓰고

읽고

말하고

읽고

쓰고

박솔뫼

2009년 작품 활동을 시작한 이후 여러 편의 소설집과 장편소설을 출간했다. 소설집 『그럼 무얼 부르지』 『겨울의 눈빛』 『우리의 사람들』 『믿음의 개는 시간을 저버리지 않으며』, 장편소설 『백 행을 쓰고 싶다』 『도시의 시간』 『머리부터 천천히』 『미래 산책 연습』 등이 있다.

일주일 전 이 시간에는 로베르토 볼라뇨를 좋아하는 사람들과 함께 있었다. 대흥역 근처 서점극장 라블레라는 세계문학 서점에서 열린 볼라뇨 19주기를 기리는 볼라뇨의 밤 행사에 갔는데 참석한 사람들의 이야기를 다 들어보지는 못해서 볼라뇨를 좋아하는 사람들이라고 이야기해도 될지 모르겠지만 금요일 밤 그곳에 온 사람들이라면 볼라뇨를 사랑하는 사람들이라고 생각해도 되지 않을까? 그래도 될 것 같다. 진행은 볼라뇨의 『SF의 유령』을 번역한 박세형 님이 맡으셨는데 간단한 소개를 마친 세형 씨는 참가자들에게 아홉 개의 폴더를 보여주며 궁금한 키워드를 골라보라고 하였다. 똥폭풍 아이스크림 곰브로비치

같은 키워드를 보고 참가자들은 재미있어 보이는 키워드들을 차례대로 불렀다. 세형 씨는 차분하고 조용조용하게 볼라뇨와 대체 무슨 연관이 있는지 짐작이 가지 않는 키워드들을 자연스럽지만 확실하게 볼라뇨와 연결 지으며 설명을 이어나갔다. 설명을 들으면서 지금 이 자리에 모인 사람들 중에 세형 씨만큼 볼라뇨를 사랑하는 사람은 없을지도 몰라 하는 생각이 잠깐 들다 말았다. 나도 볼라뇨를 정말 좋아하지만 볼라뇨에 대해 끈질기게 알아가고 생각하고 그걸 눈앞의 것들과 연결 짓는 것은 쉽지 않다고 느끼고 앞으로도 그럴 것 같았기 때문이다. 하지만 동시에 볼라뇨라면 해볼 수 있을 것 같고 해보고 싶다는 생각도 조금씩 들기 시작하는 것을 보면 볼라뇨는 힘이 세고 강력하다.

그날 들었던 이야기 중 종종 떠올리는 것은 곰브로비치와 관련된 이야기다. 곰브로비치는 폴란드에서 아르헨티나로 망명을 했는데 사실 망명을 했다라기보다 취재차 아르헨티나에 도착한 다음 날 전쟁 발발 소식을 듣고 폴란드로 돌아가는 것을 포기한 것에 가까웠다. 타지에서의 생활은 당연히도 지독하게 어려웠고, 그렇지만 이것저것을 하며 곰브로비치는 어떻게 어떻게 살아갔다. 곰브로비치의 아르헨티나 친구들은 야 너 소설가라며, 너는 대체 뭘 쓰는 거냐, 이런 이야기를 하며 그들이 읽을 수 없는 그의 소설에 관심을 보였고, 술집에 모여서 몇 단계를 거쳐 스페인어로 그의 소설을 번역했다고 한다. 그리고 지금도 아르헨티나에 가면 이후에 전문 번역가가 작업한 버전과 초기의 여러 친구들이 바통 터치하며 스페인어로 뜨개질한 것 같은 과정을 거친 버전을 함께 판다고 한다. 너무 즉각적으로 감동하고 반성하는 것을 알지만 이런 이야기를 생각하면 힘이 솟고 용기가 나고 잠시 조금 담대해지고 나에게 용기로 설정된 값을 높여서 용기와 대범함을 아예 다시 편성해야 할 것 같다. 그리고 이어지는 이야기는 뭐였더라…… 곰브로비치는 자신은 아르헨티나에서 잘 살았고 괜찮았고 작가가 꼭 모어를 사용해야 하는 곳에서 살아야 하는 것은 아니다…… 그리고 또…… 아무튼 그래서 곰브로비치는 에밀 시오랑처럼 징징거릴 필요가 없다고 했다. 이런 것이 기억에 남는다. 아니 이런 것만 기억에 남는 걸까. 그런데 이 이야기가 볼라뇨와 무슨 상관이냐고? 이 이야기는 이렇게 흘러가다 어느 순간 자연스럽게 볼라뇨와 연결된다. 보르헤스라는 접착제로 말이다. 물론 나는 아 그렇구나 하며 들어서인지 제대로 설명해낼 수는 없지만 말이다.

늘 글을 쓰고 책을 읽는 사람들의 이야기에 마음이 움직인다. 항상 그런 것은 아니지만 대체로는. 진심으로 이해할 수 있는 동시에 완전히 착각할 수 있는 이야기가 나에게는 그런 이야기인 것 같다. 그리고 그것이 나의 어딘가에서 작지만 확실한 동력으로 작용하여 읽고 쓰고 쓰고 읽게 만드는 데 도움을 주는 것 같다. 어떨 때는 그게 작지 않고 크고 거친 힘이 되어 엄청나게 큰 프로펠러가 돌아가고 거의 내 몸을 뚫고 나가기도 하는데 늘 그런 순간이 찾아오는 것은 아니지만 어느 순간 가능해지기도 한다. 그렇게 나에게 찾아오는 것들을 생각하며 읽고 쓰고 쓰고 읽고 쓰고 하는 것을 계속 반복하고 싶다. 어쩌면 나에게 찾아오는 것인 동시에 내가 찾아 헤매는 것일지도 모르겠지만.

그러고 보면 나는 내 소설에도 종종 볼라뇨 이야기를 쓴다. 「그럼 무얼 부르지」가 처음이었던 것 같고

최근에는 『미래 산책 연습』에 볼라뇨 이야기를 썼다. 몰랐는데 나도 종종 볼라뇨와 나를 연결시킬 수 있나 보다. 자연스럽거나 세련되지는 않지만 말이다.

작년에는 일본에 단편집이 번역되었다. 도쿄의 진보초 헌책방 거리에서 멀지 않은 곳에 있는 하쿠스이샤白水社라는 출판사에서 발행되었는데 이 출판사는 볼라뇨 컬렉션도 출간했고 볼라뇨 하면 떠오르는 대부분의 책들이 이곳에서 번역 출간되었다. 내 책은 하쿠스이샤의 엑스리브리스EXLIBRIS라는 세계문학 시리즈 중 한 권인데 이 시리즈에는 볼라뇨의 소설 중 『야만스러운 탐정들』이 있다. 강력하고 우습고 뜨겁고 힘이 센 것이 내 앞 어딘가에 있다. 내 앞의 몇십 권의 책들을 지나면 볼라뇨의 『야탐』이 있고 그건 마치 버스 뒷자리에 앉아 앞자리에 앉은 볼라뇨의 뒤통수를 보는 기분과 비슷한 것 같다. 우리는 같이 내려서 함께 여행을 하지는 않겠지만 창으로 비친 얼굴을 보면서 가고 있다. 나는 먼저 내리거나 나중에 내리거나 혹은 그때 언제 내렸더라 생각하다 볼라뇨를 떠올릴 것이다. 번역을 하신 사이토 마리코 선생님과는 이전에 도쿄에서 한번 만나 뵈었던 적이 있는데 선생님은 지나가듯 볼라뇨 역자를 안다고 하셨다. 만약 언젠가 다시 도쿄에 가게 되어 사이토 선생님을 만나고 아주 우연히도 일본의 볼라뇨 역자를 만난다면 굉장히 기분이 이상하며 신기할 것 같다. 아, 저도 한국의 볼라뇨 역자를 아는데요 엄청 우연이지만 그 친구도 근처라고 하는데 연락해봐도 될까요? 그런 자리에 두 사람의 혹은 그 이상의 볼라뇨 역자들이 모인다면 그들은 스페인어로 이야기를 할까 영어로 이야기를 할까 아니면 사이토 선생님이 한·일 통역을 하게 될까. 무엇을 마시고 뭐를 주문하고 그러다가도 또 어떻게 지치지도 않고 볼라뇨 이야기를 하게 될까. 이것은 언제 떠올려보아도 신나는 상상이다. 그러고 보면 『미래 산책 연습』에서 쓴 이야기도 그런 이야기였다. 볼라뇨의 몇몇 역자들은 『2666』 1권의 등장인물들처럼 실제로 알고 지냈다고 하는데 그게 프랑스어나 영어 역자가 아니라 일어나 한국어 역자라면 다른 느낌일 것 같았고 그들이 만나는 순간에 대해 지나가듯 소설에 넣었다. 정말로 그 사람들은 무슨 이야기를 할까. 여행지에서 혹은 누군가와 짧고 서툰 외국어로 대화할 때 몇 가지 키워드들이 이어지면 왠지 굉장한 친밀감을 느끼고 상대가 꽤 재미있는 사람이라고 마음대로 단정 짓기도 하는데 그것과 비교할 수는 없겠지만 한국어 역자와 일본어 역자가 스페인어로 이야기를 하다가 던질 키워드들이 궁금해졌다. 분명히 흥미로운 이름들이 이어질 것이다.

소설을 쓰고 소설을 쓸 생각을 하고 어떻게 연결되어야 할까 생각하고 헤매고 쓰다가 생각하고 이런 과정들에 힘을 실어주는 것은 볼라뇨 같은 사람이다. 물론 그게 다가 아니고 나의 노동과 주변인들의 친절과 사랑, 노동으로 번 돈과 그 돈으로 산 음식과 휴식 같은 것이 중요하지만 그럼에도 읽고 쓰고 읽고 쓰는 생각을 과하게 하고 그래서 어떤 면에서는 거의 미쳐 있는 사람들의 힘을 가져오지 않았다면 정말 재미가 없었을 것이다. 볼라뇨의 밤 행사에서 마지막으로 연폴더는 아이스크림이었는데 왜 아이스크림이고 왜 볼라뇨인지 설명할 자신은 없고 그냥 간단히 정리하면 문학이고 뭐고 아이스크림이나 먹죠 뭐 같은 건데 사실 나는 문학에 미쳐 있는 사람들이나 그런 소리를 한다는 것을 아주 잘 알고 있다. 물론 아이스크림은 아이스크림대로 좋지만 말이다.

늙었으면서

늙은 것을 모르고

백민석

소설집 『혀끝의 남자』 『수림』 『버스킹!』, 장편소설 『공포의 세기』 『교양과 광기의 일기』 『해피 아포칼립스!』 『플라스틱맨』, 에세이 『아바나의 시민들』 『러시아의 시민들』 『이해할 수 없는 아름다움』 『과거는 어째서 자꾸 돌아오는가』가 있다.

나는 내가 늙었는지 알겠다. 이렇게 글을 쓰려고 의자에 앉아 두어 시간만 보내면 엉덩이가 배겨 참기가 어려워진다. 참을성이 없어지는 것도 늙어감의 증거라던데, 언젠가는 내 요구를 들어주지 않는 병원 수납계의 간호사에게 한 스푼의 겸손함만 있었으면 수긍할 일을 가지고 버럭 화를 낸 적도 있었다. 지금도 그 병원 앞을 지날 때면 내 어리석음과 미안함에 얼굴이 화끈거린다. 내가 병원에서 그러면 안 되었다. 병원은, 전업 작가인 내가 마트 다음으로 자주 다니는 친숙한 장소다. 몸뚱이는 PC 같다. 늙어갈수록 고장이 잦아진다. 허리가 고장 나 시술까지 받고는 좀 다닐 만해지니까, 오른쪽 고관절에 충돌증후군이 생겨 반년이나 약을 먹고, 그러고 나니 다음엔 발병이 도져 이 년을 발바닥에 충격파 치료를 받고, 좀 걸어 다닐 만해지니까 오른쪽 어깨에 통증이 심해져 주사를 맞으러 다니다가, 다음엔 오른손 검지에 방아쇠 수지 증후군이 와서 반년을 물리치료를 받다가, 요즘은 왼쪽 어깨가 고장 나 왼팔을 들어 올릴 때마다 속으로 신음을 지르고 있다. 늙는 일은 몸뚱이 부품 하나가 고장 나 고쳐놓으면 다른 부품이 또 고장 나는 일이다. PC면 대충 갈아 끼우며 고쳐 쓰다가 새로 하나 살 수도 있지만 몸은 그럴 수도 없다.

　얼마 전 튜너가 달린 리시버 앰프를 하나 샀다. 튜너 리시버는 FM/AM 방송을 수신해 스피커를 통해 음악을 들을 수 있게 하는 장치다. 야마하에서 나온 이 리시버는 블루투스도 되고 결정적으로 AV용이 아니라서, 거창하게 스피커를 대여섯 개나 연결할 필요가 없다. 소박하게 음악만 듣고 싶은 이들을 위한 앰프다. 비싸지도 않으니 언제라도 살 수 있었는데도 엉뚱한 일에 돈을 낭비하느라 이 나이가 되도록 들여놓을 생각을 못 했다. 그 대신 절약한답시고 중고 튜너를 샀다가 몇 년 못 쓰고 버리고, 싸구려 라디오는 몇 대나 샀다. 늙어간다는 것은, 자신이 정말 무엇을 바라는지 불현듯 깨닫는 일이기도 하다. 나는 근사하게 디스플레이 창에 불도 들어오고 큼지막한 스피커를 연결해 제대로 FM/AM 방송을 들을 수 있는 튜너를 갖고 싶었다.

인생을 낭비한 끝에 내가 진심으로 갖고 싶었던 것이, 젊었을 때 보고 마음에 담아놓았던 탄노이나 JBL 같은 하이파이 스피커였다는 사실을 깨달은 것도 겨우 작년 일이었다. 작년 가을에 내가 얼마나 많은 시간과 돈을 아무 의미 없는 곳에 흘려버렸는지 문득 알게 되었고, 내가 이십 대 때 용산과 청계천의 오디오 상가들을 돌아다니며 꼭 사고 싶었지만 사정이 되지 않아 포기했던 스피커들을 떠올렸다. 지금의 내겐 그리 부담되는 가격도 아닌데 나는 마치 꿈을 잃은 사람처럼 오십 대가 되도록 그 스피커들을 잊고 살았었다. 나는 한 달쯤 다시 용산과 청계천을 다니며 모델을 골랐고, 늦가을 찬비를 맞으며 JBL 스피커 한 조를 사들였다. 소리의 해상도가 죽인다.

그렇게 우리 집에는 야마하 리시버의 것까지 여덟 개의 리모컨이 있게 되었다. TV 리모컨 두 개, 에

어컨 리모컨 한 개, CD와 DVD 플레이어 리모컨 세 개, 앰프 리모컨 두 개. 기특하게도 나는 여덟 개나 되는 리모컨에 있는 버튼 대부분의 용도를 알고 있고 사용법을 숙지하고 있다. 늙는다는 것은 집 안에 리모컨 개수가 하나씩 늘어나는 일이기도 하고, 또 그것들을 눈 감고도 만지작거릴 만큼 조작에 능숙해지는 일이기도 하다(아닐 수도 있지만 대체로 그러리라 생각한다). 그러고 보니 이십 대 때에도 리모컨에 대해 글을 쓴 바 있다. 어디였는지 얼른 기억이 나지 않아 지금 『16밀거나말거나박물지』를 쭉 훑어보니 「술집 가스등」에 집에 있는 리모컨 개수에 대해 썼다. 내가 이십 대였던 그때, 내겐 리모컨이 세 개뿐이었다. CD와 비디오 플레이어 리모컨 한 개씩, 인티 앰프 리모컨 한 개. 철모르는 젊은 나는 가소롭게도 "리모트컨트롤이 세 개나 있다"며 자랑질을 한다. 리모컨이 세 개에서 여덟 개가 되는 동안 철이 들었는지는 모르겠지만 나는 그만 늙어버렸다.

나는 내가 늙지 않았다고 강변할 수도 있고 실제로도 늙은 게 아닐 수 있다. 고령화 시대에 오십 대는 많은 나이가 아닐 수 있다. 나보다 열 살쯤 많은 어느 선배 문인은 자기는 늙지 않았단다. 어느 원로 소설가는 소설가는 늙지 않는다, 이 비슷한 제목의 책을 내기도 했었다. 나도 그들이 맞았으면 좋겠다. 하지만 생명체는 한순간도 빠짐없이 시간의 흐름에 따라 늙어가고, 흘러가는 세월은 어떤 발랄한 문학적 표현으로도 승화시킬 수가 없다.

내가 늙지 않았다고 정신승리를 하는 동안 시대가 먼저 흘러가버린다. 작년에 어느 대학원생이 내게 전화를 해서 인터뷰를 청한 적이 있다. 전업 작가란 무엇인가, 뭐 이런 궁금증을 풀어보겠다는 취지였고, 그래서 나는 첫마디로 "지금은 나 같은 근대문학을 하는 작가에게 인터뷰를 청하지만, 몇 년만 지나면 웹소설을 쓰는 작가에게 인터뷰를 청하게 될 거예요"라고 운을 뗐다. 그러자 그 학생은 놀라면서, 자기들 말고 다른 팀은 이미 웹소설 작가에게 전화를 걸었다고 했다. 정확한 기억은 아닌데 아마 근대문학 작가 세 명, 웹소설 작가 세 명, 이렇게 '같은 수'를 섭외해서 인터뷰를 진행하는 모양이었다. 근대문학 작가는 나 같은 제도권 문학을 하는 작가를 말한다.

웹소설은 내가 종이책 외에 다른 대안이 있을 거라고는 꿈에도 생각하지 못한 채 안일하게 소설가 행세를 하는 동안, 갑자기 나타나 독자들의 시선을 확 잡아끈 새로운 형식의 소설이다. 지금쯤 아마 웹소설 시장이 종이책 소설 시장보다 규모가 더 커지지 않았을까 생각한다.

새로운 예술형식이 한 가지 나타날 때마다 기존의 예술형식은 한 단계 과거의 것이 된다. 그리고 어쩔 수 없이 기존의 형식으로 창작하던 예술가들은 그 새로운 물결에 반발심을 품게 된다. 마치 늙었으면서도 늙은 것을 모르는, 늙지 않았다고 강변하는 늙은이처럼 말이다. 그 새로운 것에 대한 있을 수 있는 반발심이 때로는 뒤틀리고 비틀려서 무시와 차별과 업신여기는 태도로 나타나기도 한다. 지금은 누구나 SF 소설을 쓰고 있지만 몇 년 전만 해도 SF 소설은 '장르 소설'이라는 미묘하게 차별적인 언어 속에 갇혀 있지 않았나?

지그문트 바우만의 말처럼 한때 인류에게는 "선천적으로 '고급문화'라는 것, 엘리트 취향이라는 것이 있었고, 전형적인 중류층의 평범하거나 '속물적인' 취향과 하류층이 열광하는 '천박한' 취향이 존재했다."[1] 그렇게 엘리트 집단과 대중의 경계를 분명하게 그을 수 있었던 시대에는, 엘리트 집단에 속한다고 자부하는 예술가들이 그렇지 않은 대중의 예술가들 앞에서 고상한 체하면서 그들을 업신여기곤 했다.

하지만 그랬던 때는 이미 지나갔고 나 같은 늙은 이들의 기억 속에나 아프게 남아 있다. 자신과 다른 형식의 창작을 한다고 누군가를 차별한다면, 그건 차별하는 쪽이 차별의 행위에서 모종의 이익을 얻고 있기 때문이다. 세상은 변했다. "가치론적으로 말해서, 이제 문화적 관계는 더 이상 수직적이지 않고 수평적이다. 어떤 문화도 자신이 우월하거나 '진보적'임을 주장하며 다른 누군가에게 복종, 겸손, 또는 굴복하기를 요구할 수도 없고, 그럴 만한 지위를 차지할 수도 없다."[2]

소설이면 다 똑같은 소설이다. 자신과 다르다고 무시하고 차별할 이유는 없다. 이제는 문학을 공부하

1   지그문트 바우만, 『유행의 시대』, 윤태준 옮김, 오월의봄, 2013, 13쪽.
2   지그문트 바우만, 같은 책, 59쪽.

는 대학원생조차 제도권 작가와 웹소설 작가를 같은 수만큼 섭외해 인터뷰를 진행한다. 늙을수록 목소리를 누그러뜨릴 수 있어야 한다. 세상은 이미, 내가 리모컨 세 개를 갖고 첫 단편집을 쓰던 그 세상이 아니다. 내 리모컨 개수가 여덟 개로 늘어난 것처럼 세상도 문학도 그렇게 됐다. 늙는 게 뭐 어때서? 거꾸로, 세상이 자꾸 젊어지는 걸 바라보는 것을 사는 낙으로 삼으면 된다. 내가 늙는 만큼 세상은 역으로 젊어지고 새로워진다. 이십 대 때나 지금이나 내가 왜 소설을 쓰는지 똑 부러지게 말할 수 없는 것은 같지만, 그래서 늙어감에 대해 썼지만, 그 외의 모든 것은 변했다.

사십 편 이상의
장편소설과
수많은 단편소설,
시, 희곡

손보미

2009년 《21세기문학》 신인상을 수상하며 등단. 2011년 《동아일
보》 신춘문예에 당선되며 작품 활동을 시작했다. 소설집 『그들에
게 린디합을』 『우아한 밤과 고양이들』, 짧은 소설집 『맨해튼의 반
딧불이』, 장편소설 『디어 랄프 로렌』 『작은 동네』 『사라진 숲의 아
이들』, 중편소설 『우연의 신』 등이 있다. 젊은작가상 대상, 한국일
보문학상, 김준성문학상, 대산문학상, 이상문학상을 수상했다.

지난 삼 년 동안 내가 가슴속에 품고 있던 여러 문장 중 하나는 이것이다.

　"……1964년 『아찔한 추락과 함께』로 등단한 이후 사십 편 이상의 장편소설과 수많은 단편소설, 시, 희곡을 썼다."

　이건 조이스 캐럴 오츠의 『흉가』 책날개에 있는 작가 소개 글이다. 굳이 『흉가』의 글을 옮겨 온 이유는 바로 지금 그 책이 노트북 옆에 놓여 있기 때문이지, 특별히 다른 의도는 없다(물론 『흉가』에 실린 작품들은 모두 다 재밌다. 오츠의 다른 소설들이 그렇듯이 읽고 또 읽고 또 읽어도 재밌다). 핵심은 오츠가 작가 생활을 하는 내내 써낸 그 방대한 작품의 양에 있다.

최근 삼 년 동안 나는 매해 1000매 이상의 원고를 썼다. 음…… 정확하지는 않지만 작년에는 1500매가량의 원고를 썼던 것 같다. 이렇게 원고를 (오츠만큼은 아니지만) 많이 쓰게 된 데에는 여러 가지 이유가 있지만 그중 하나는 2019년에 (태어나서 두 번째로) 본 사주 때문이다. 역술가는 내 또래의 여자였는데, 2020년과 2021년에 내 운이 그다지 좋지 않고, 특히 2021년이 나쁘다고 했다. "2020년에 맺은 일적인 관계를 통해 2021년의 어려움을 해결해나갈 겁니다." 그녀는 나를 똑바로 바라보며 말했다.

　　나는 사주를 맹신하는 사람은 아니다. 그러면서 왜 사주를 보러 갔냐고 물으면 딱히 대답할 말은 없다. 그냥? 그냥 보러 갔다? 말이 되는지 모르지만 정말 그랬다. 내가 최초로 돈을 주고 사주를 본 건 이십대 중반의 일이다. 작가가 될 수 있겠느냐는 나의 질문에 역술가는 이렇게 대답했다. "작가 사주가 아니에요. 작가는 절대 못 되겠어. 결혼해서 돈이나 쓰면서 살 팔자인데?" 물론 그 말은 전혀, 하나도 맞지 않았다. 어쨌거나 나는 작가가 되었고, 결혼은 했지만, 돈이나 쓰면서 살고 있지는 못하다. 그러므로 경험적으로 나는 사주가 틀릴 수 있다는 사실을 잘 알았다. 하지만, 언제나 그렇듯이 알고 있다는 사실이 모든 것을 해결해주지는 못한다. 나는 2020년에 들어오는 거의 모든 일을 될 수 있으면 하려고 했고, 도저히 그럴 수 없는 경우가 생기면 마음 한구석이 불편해지곤 했다(그녀의 말도 딱히 맞지는 않았던 것 같다. 2020년과 2021년에 그리 특별한 일은 벌어지지 않았다).

그즈음 나는 머릿속으로 항상 계산을 하고 있었다. 이를테면 하루에 몇 장씩 쓰면 대략 언제쯤 지금 쓰는 원고를 완성하고 다음 원고로 넘어갈 수 있으리라는, 그런 식의 계획이 내 머릿속에 늘 있었다. 계획이 언제나 들어맞는 건 아니었지만, 그렇다고 아주 허황된 것도 아니었다. 어쨌든 쓰고 보자는 식이었고, 나중에는 약간 기계적으로 쓴다는 느낌도 있었다. 그래도 기계적으로 쓴다는 느낌이 싫은 것은 아니었다. 오히려 좋은 쪽에 가까웠다.

내가 원고를 지나치게 많이 쓴다고 느낀 (나를 아끼는) 사람들의 충고가 있었다. "그런 식으로 계속 쓴다면 분명히 지치고 말거야. 번아웃이 올 거라고!" 그런 말을 들을 때마다 나도 안다, 고 대답했다. 더 솔직하게 말하자면 이미 번아웃이 온 게 아닐까 걱정되기도 했다. 자주 멍해지고 머리가 잘 안 돌아가는 느낌에 사로잡힐 때가 있었다. 하지만 동시에 이런 생각도 들었다. 지금보다 더 지치지는 않을 거라고, 그러니까 현재의 상태로 글을 쓸 수 있다면 앞으로도 그럴 수 있으리라고. 그리고 나는 오츠가 쓴 소설의 양을 떠올렸다.

"사십 편 이상의 장편소설과 수많은 단편소설, 시, 희곡."

말이 사십 편 이상의 장편소설이지, 그런 식이라면 일 년에 한 편씩 장편을 쓴 거나 다름없었다. 아, 이 시점에서 이 말은 꼭 해야겠는데, 내가 오츠와 동일선상에 놓일 수 있는 그런 (대단한) 작가라고 말하고 싶은 것은 아니다. 그런 생각은 눈곱만큼도 없다. 내가 오츠만큼 글을 많이 쓰려는 계획을 언감생심 세운 것도 아니었다. 다만, 모두가 입을 모아, 많이 쓰는 행위 자체를 우려하는 것에 대해, 혹은 소설을 쓰는 행위가 내 안의 무언가를 소진하는 과정이라고 말하는 것에 대해 어느 정도의 반감이 있었던 건 사실이다. 어째서 소설을 쓰는 행위가 계속해서 소진되는 과정이어야만 하는 걸까? 소설을 쓰는 행위가 나 자신을 추동하는 힘으로 작동할 수는 없는 걸까? 쓰는 행위 자체가 무언가를 끊임없이 생성할 수는 없는 걸까? 그러므로 나는 이런 말을 하고 싶었는지도 모른다. 세상에는 그런 작가가 존재한다고, 쓰는 행위 자체를 동력으로 삼아서 쓰고 쓰고 또 쓰는 작가가 있다고. (당연히) 내가 내놓은 작품들이 오츠의 작품만큼 훌륭하지는 못하더라도, 적어도 그런 식으로 창작 행위 자체를 나의 동력으로 삼을 수 있다고, 그렇게 항변하고 싶었는지도 모른다. 그리고, 그런 식으로 나름 내 자신이 잘 굴러가고 있다는 만족감도 있었을 것이다. 때때로 나는 참지 못하고 이런 말을 입 밖에 냈다. 나는 삼 년 가까이 매년 1000매에서 1500매의 원고를 써냈지만, 한 번도 펑크를 내본적이 없다고.

얼마 지나지 않아, 그 말은 경솔한 것으로 밝혀졌다. 올해 초부터였다. 가끔 내가 무엇을 쓰는 건지 잘 모르겠다는 생각에 사로잡히곤 했다. 앞부분의 내용과 뒷부분의 내용이 잘 연결되지 않았다. (원래도 그리 길지 않았던) 집중할 수 있는 시간은 점점 줄어들었고, 글을 써내는 속도는 말도 안 되게 느려졌다. 그 모든 변화는 점진적으로 찾아와서 나조차도 잘 눈치채지 못할 정도였다. 글이 (빨리) 잘 쓰여지던 때의 기분을 되살려보려고 했지만 잘 되지 않았다. 어딘가에 끼여서 옴짝달싹하지 못하는 것 같았고, 갈피를 잡을 수가 없었으며, 초조해졌다. 설상가상으로 곧 소설을 써야 하는데 아무런 진척이 없었다. 계획대로라면 작업을 시작해야 하는 시기가 다가오고 있었지만 아무것도, 정말 아무것도 떠오르지 않았다. 하지만 여전히 나는 고집을 부렸던 것 같다. 이건 잠깐 동안의 정체일 뿐이라고, 나는 언제나 약간은 지친 상태에서 글을 썼으며 지금은 그보다 아주 조금 더 지친 상태일 뿐이라고, 그러니까, 계속 노트북 앞에 앉아 있다 보면 언젠가는 마술처럼 이야기가 떠오를 거라고. 한 가지만, 딱 한 가지만 떠오르면 그 이후부터는 식은 죽 먹기일 거라고.

그런 희망을 버리는 게 나에게는 무척 어려운 일이었다. 내 안의 글을 쓸 수 있는 동력이 사라졌다는 걸 인정해버린다면, 그건 지난 몇 년 동안 나 자신을 추동한다고 느껴왔던 그 힘들이 모두 허상에 불과하다는 사실을 인정하는 거나 마찬가지였기 때문이었다. 무너뜨리는 힘을 생성하는 힘이라고 착각한 나의 어리석음과 무지를 인정하는 꼴이기 때문이었다.

어느 날 새벽, 나는 마감을 앞둔 산문 원고를 완성하려고 애쓰고 있었다. 겨우 3000자짜리 원고를 쓰는 데 왜 이렇게 힘이 드는 걸까? 내가 써내는 모든 문장은 형편없었다. 단어는 볼품없었고, 문장은 딱딱해져서 그 어디로도 뻗어나가질 못하다가 종래에는 힘을 잃었다. 억지로 억지로 문장들을 이어나가며 동이 틀 무렵에야 글을 완성한 나는 내 자신이 지쳤다는 사실을 받아들여야만 했다. 그러니까 평소보다 더 많이 지쳤다는 사실을. 더 이상 나 스스로를 컨트롤할 수 없었다. 이런 식으로는 절대 소설을 시작할 수 없으리라. 3000자짜리 원고도 제대로 못 쓰는데, 2만 자짜리 원고를 어떻게 쓴단 말인가?

그렇게 나는 데뷔 이후 처음으로 펑크를 냈다. 내가 펑크 낸 사실을 알리자 친구는 잘했다고, 조금 쉬면 다시 소설을 쓸 수 있으리라고 말해주었다. 펑크를 낸 후로도 어쩔 수 없이 연재 중인 산문들은 계속 써야 했고, 청탁받은 산문도 한 편 더 썼다(그리고 이게 두 번째인 것 같다). 여전히 삐걱거리는 것 같고 잘못된 방향으로 쓴다는 생각이 들지만, 그래도 어쨌든 글을 완성해서 마침표를 찍을 수 있다는 사실에 감사하는 중이다. 하지만 소설을 쓰는 건 정말로 한동안은 하지 못하리라는 생각이 든다.

"사십 편 이상의 장편소설과 수많은 단편소설, 시, 희곡."

약간은 슬픈 마음도 든다. 내가 오츠처럼 대단한 작품을 쓰려고 한 것도 아닌데, 사십 편의 장편소설을 쓰려 한 것도 아니고, 내가 원한 건 그저 한 편의 글을, 아무런 욕심도 없이 끝마치는 것뿐이었는데, 그마저도 따라주지 않는구나, 싶어서. 나의 한계를 뚜렷하게 절감한 셈이다. 가끔씩은 궁금한 마음이 든다. 정말로 조금 쉰다면, 다시 소설을 쓸 수 있게 될까? 확신할 수 없다. 다만 요즘 나는 종종 소설을 쓰는 내 모습을 떠올린다. 그 상상 속에서 나는 이루 말할 수 없는 빠른 속도로 노트북 자판을 두드리고 있다. 약간은 과장되게 어깨를 들썩이면서. 도대체 나는 무엇을 쓰고 있는 걸까? 상상 속의 내가 쓰는 글이

무엇인지 알 도리가 없다. 그래도 그런 상상을 하는
것은 즐겁다. 무엇이 즐거우냐고 묻는다면 대답할 도
리가 없지만 이런 즐거운 상상을 계속 하다 보면, 언
젠가는 한 편의 소설을 다시 쓸 수 있게 되리라.

소설엔

마진이

얼마나 남을까

오한기

2012년 《현대문학》 신인추천으로 등
단. 소설집 『의인법』 『바게트 소년병』,
장편소설 『홍학이 된 사나이』 『나는 자
급자족한다』 『가정법』, 중편소설 『인간
만세』 『산책하기 좋은 날』이 있다.

여름밤

점점 여름이 좋아진다. 더위가 삶의 여타 고통에 비하면 다른 아무것도 아닌 것 같고, 땀 흘리며 걷는 게 어떤 특권처럼 여겨진다. 왜 그럴까? 이유는 모르 겠다. 무언가 무장해제되는 기분이 든달까. 살짝 땀에 젖은 채 잠드는 것도 좋고, 새벽녘 쌀쌀한 기운에 이불을 덮는 것도 좋다. 덜덜거리는 선풍기 소리는 싫지만 샤오미에서 무소음 선풍기를 마련한 뒤 해결 됐다. 오늘이 내 인생에서 가장 더운 날이야. 진진에 게 하루에도 몇 번씩이나 싱거운 말을 던지는 것도 좋아한다. 진진이 또 오버한다며 코웃음 치는 소리도 좋아한다.

　어느 초여름의 늦은 밤 침대에 누워 있는데 진진이 내 소설 쓰는 습관이 소설에 지대한 영향을 끼치는 것 같다고 말했다. 뜬금없이. 솔직히 말해 처음에는 듣지 못했고, 다시 말해달라고 한 뒤 그게 무슨 말이냐고 되물으며 약간 더운데 선풍기를 틀어야 할지 에어컨을 틀어야 할지 고민하고 있었다. 현대사회에는 결정해야 할 게 너무 많았고 포기해야 할 것도 비례했다. 어쩌면 몇백 년 후에는 죽는 방법을 결정하지 못해 죽지 못하는 경우도 생길 것 같았다. 봐봐, 내 말에 하나도 집중을 하지 않잖아. 그때 진진이 혀를 찼고 나는 그래서 내 소설 쓰는 습관이 어떤데 그러냐고 물었다. 진진은 이거 썼다 저거 썼다 여기에서 썼다 저기에서 썼다, 10분 이상 집중하는 꼴을 못 봤고 네 소설도 비슷하지 않냐고 대답했다. 인터넷에서 ADHD 자가 테스트라도 해봐. 진진이 덧붙였다. 슬프게도 나는 무슨 말인지 이해가 될 것 같았고, 이불을 뒤집어쓰고 우는 척했다. 진진이 아이패드로 게임하는 소리가 들렸고, 나는 이불 속에서 ADHD였던 예술가들을 검색해봤다. 레오나르도 다빈치, 스티븐 스필버그, 볼프강 모차르트, 에밀리 디킨슨, 에드거 앨런 포, 살바도르 달리……

암살자

이 글을 쓰고 있는 시점에서 다음 주면 유치원 방학이다. 이번 주 내내 나는 분주했다. 다음 주를 통째로 아이에게 할애해야 하기에 일을 최대한 쳐내야 한다. 다음 주 스케줄은 아래와 같다.

월요일: 어린이 뮤지컬
화요일: 국립과천과학관
수요일: 어린이 직업 탐험
목요일: 선사유적박물관
금요일: 양평 쉬자파크

아이의 최종 컨펌이 떨어진 일정이다. 아이가 말이 통할 만큼 자라면 육아가 좀 더 수월해질 거라고 생각했는데 착각이었다. 고집이 세졌고, 말싸움에 능해졌고, 기억력이 좋아졌다.

아이가 태어난 뒤 내 창작 패턴은 확연히 변했다. 내가 글을 쓰는 동안 아이는 얌전히 책을 읽는다. 작가의 유전자를 받은 친구니까 책을 좋아하겠지. 아이가 태어나기 전 막연히 떠올렸던 상상은 깨진 지 오래. 책을 좋아하긴 하지만 타인이 읽어주는 책을 좋아한다. 요샌 한글 공부 하기 싫다고, 한글을 알게 되면 아빠가 책을 읽어주지 않을 거 아니냐고 우기며 읽을 줄 아는 한글도 모르는 척한다. 아이디어나 문장이 떠올라서 노트북 앞에라도 앉으면 아이는 무릎에 앉아 내가 할게!라고 외치며 키보드를 두드린다. 아빠, 나 심심해. 그래도 좀 더 버티면 삐진다. 아이패드로 키즈 유튜브를 보여주면 조용한데, 죄책감이 느껴져서 모든 개인 일정 포기.

어느 행사에서도 말한 적이 있는데, 나는 지금 암살자 같은 태도로 글을 쓴다. 짬이 조금이라도 나면 암살자가 타깃을 살해하기 위해 순식간에 칼을 휘두르는 것처럼 빠른 속도로 글을 쓰는 것이다. 그러니 항상 워밍업을 해둬야 한다. 언제 어디서나 타이핑할 수 있도록. 그렇게 완성된 소설들이 조만간 출간될 단편집에 실리는데 교정을 보면서 다시 읽어보니 육아와 직장 생활을 병행하며 어떻게 이 소설들을 완성시켰는지 코끝이 찡해진다. 왠지 센티해지네. 아무도 말해줄 리 없기에 스스로에게 이렇게 말해주고 싶다. 야, 너, 진짜 고생 많았다!

임플란트

확실한 건 없다고 생각하는 편이지만 이거 하나만은 진짜 확실하다. 세상에서 가장 고독한 길은 치과에 가는 길이다. 한참 동안 어린이치과에 다녔던 내 딸도 동의할 것이다.

어느 날, 금니를 씌운 어금니 속 진짜 치아에 시린 통증이 느껴져서 진진이 다니는 치과를 갔다. 2021년 12월 31일. 정확히 연말이라 날짜도 기억한다. 가서 엑스레이를 찍었는데 가망이 없다는 의사 선생님의 진단. 즉시 발치했다. 진진이 칭찬한 만큼 과연 선생님은 서울 동북부 최고의 테크니션이라 고통이 전혀 느껴지지 않았다. 2021년의 온갖 악재를 이걸 계기로 떨치고 새해를 맞이하자고 다짐했던 것 같다.
유치하게.

남은 건 임플란트였다. 잇몸을 뚫고 철을 박는다
는 건 상상만 해도 아찔했다. 중세시대 고문 같달까.
잇몸이 차오르길 기다리는 동안 수도 없이 검색했다.
임플란트 고통. 임플란트 마취. 임플란트 부작용. 검
색 결과는 케이스 바이 케이스였다. 나는 어떤 타입
의 인간일까. 임플란트에 강한 타입일까. 취약한 타
입일까. MBTI가 아니라 임플란트 고통 정도에 따른
인간 유형에 대해 고민하는 시간들이 지속됐고 당장
임플란트 치료를 받고 이 심리적 고통을 없애고 싶
었다.

드디어 오늘이다. 예약 시간은 12시. 11시경 미리
처방해준 진통제를 복용하고 집을 나서서 군자역에
다다랐다. 도착 시각은 11시 20분. 심란한 마음을 다
스리기 위해 능동을 걸었다. 전에 살던 중곡동과 지
근거리라 낮이 익었다. 쓰레기 더미가 바닥에 나뒹구
는 것도 여전했다. 땀이 적당히 나자 긴장이 풀렸다.
그리고 충동적으로 치과로 슥 들어갔다. 충동적인 게
중요하다. 치과 치료에는 말이다.

역시 선생님은 테크니션이었다. 내 치아 골밀도가 높다며 시술이 쉽지 않을지도 모른다고 너스레를 떨다가 5분 만에 식립을 마무리했다. 고통이 하나도 없었을 뿐 아니라 피도 거의 나지 않았다. 마취가 풀린 뒤에도 고통은 전무했다. 오늘 하루 쉬려고 벼르고 있었는데, 별수 없이 다시 노트북 앞에 앉아 단편집 교정을 보는 수밖에.

스마트스토어

얼마 전 선배가 스마트스토어로 월 매출 3억 원을 달성했다는 소식을 들었다. 순이익이 20퍼센트 정도라고 했는데 따져보다가 놀랐다. 월 6000만 원? 일 년이 아니라 한 달에 6000만 원을 번다고요? 내가 감탄하는 동시에 선배의 아이워치가 울렸다. 또 팔렸군. 선배가 아이워치를 들여다보며 말했다. 우리는 강남역 인근에서 팥빙수를 먹고 있었고, 선배는 아이 유치원 픽업을 위해 허둥지둥 일어서는 내게 국산 팥과 찹쌀떡 따위를 들려줬다. 선배가 이렇게 멋있게 느껴진 적은 이십 년 가까운 인연 동안 처음이었다.

며칠 뒤 소설 쓰기를 그만두고 나도 스마트스토어 사업을 하기로 결심했다. 선배한테 자문도 구하고 유튜브도 뒤적였다. 그런데 얼마 지나지 않아 멈췄다. 소싱을 하고 해외 사이트를 뒤적이며 최저가를 찾아 헤매야 하는 일련의 과정이 의미 없게 여겨졌달까. 맞다. 다 핑계다. 해낼 자신도 능력도 없었다. 선배는 사업가의 사주를 타고났나 봐. 나는 무능력함을 사주 탓으로 돌리며 짧디짧은 사업가 커리어를 마감했다.

머지않아 나는 스마트스토어에서 자기 자신을 판매하는 소설을 쓰기 시작했다. 말하자면 지난 5월 문학사상에 발표한 단편 「세일즈맨」의 확장 버전이다. 주인공은 언제나처럼 소설가이며 궁뎅이, 볼기짝, 모근, 흰머리, 코딱지, 치석 같은 인체에 딸린 쓸모없는 것들을 팔며 생계를 유지한다. 내 손가락은 스마트스토어 상세페이지 입력을 하는 것과 달리 춤을 추듯 날아다닌다.

따지고 보면 나는 3억 대신 소설을 택한 셈이다.

그런데 내가 소설을 썼을 때 이익은 얼마일까? 순수하게 나에게 남는 건 뭘까? 과연 소설엔 마진이 얼마나 남을까?

공백의 소설 쓰기

임 현

2014년 《현대문학》 신인추천으로 등단. 소설집 『그 개와 같은 말』 『그들의 이해관계』, 중편소설 『당신과 다른 나』 등이 있다. 2017년 젊은작가상 대상, 2018년 젊은작가상을 수상했다.

무언가를 쓴다는 것은 동시에 무얼 쓰지 말아야 할지 역시 결정해야 하는 일이다. 집중과 선택, 이것이 글쓰기의 가장 큰 어려움이자 딜레마이다. 왜냐하면 목적이 무엇이든 간에 글을 쓴다는 것은 결국 분량을 채워가는 일일 텐데, 해야 할 말만 골라 해서는 그 분량이 좀처럼 채워지지 않기 때문이다. 그렇다고 또 아무 말이나 마구 적는 것도 곤란하다. 무엇보다 이것도 다 돈 받고 하는 일이라서 전문성이랄까, 직업정신이랄까, 아무튼 뭐 그런 것들에 위배되는 탓이다. 글쓰기에 프로가 된다는 것은 아무래도 이 점을 먼저 극복해야 가능한 일이다. 그게 아니라면 어떻게 매일 출근하듯 책상 앞에 앉아 빈 페이지를 채워나갈 수 있겠는가.

　그러나 역설적으로 무얼 쓸지 결정하는 일은 쓰기의 준비 단계가 아니라 무언가를 쓰는 과정 중에야 결정된다. 요컨대, 뭐라도 덕지덕지 엉망진창 마구잡이로 써봐야지만 그게 진짜 쓸 만한지 아닌지 알게 된다는 것이다. 아무것도 쓰지 않고서는 결과를 전혀 예측할 수가 없다. 몰라, 절대 모르지. 알았다면 아는 것부터 미리미리 썼을 텐데, 모르니까 매번 헤매고 원고 마감을 늦추고 아쉬운 소리를 해대면서, 아니요…… 내일까지는 꼭 돼요…… 될 거예요…… 도래하지 않는 내일을 하염없이 기다리게 되는 것이다.

　물론, 소설을 쓰는 데에는 소설을 쓰지 않는 시간도 필수적이다. 무엇보다 소설가는 직업이라기보다는 일종의 정체성 같은 것이어서 오래 아무것도 쓰지 않아도 자격이 유지된다. 주기적으로 갱신해야 하거나, 만기가 있어서 재계약을 필요로 하는 것도 아니다. 결정적으로 직업이 아닌 탓에 정해진 출근 시간이 없어서 따로 퇴근도 없는데, 그러니까 세간의 오해와 달리 아무것도 쓰지 않는 소설가란 진짜 아무것도 하지 않는 것이 아니라 그 자체로 자신의 정체성을 부단히 유지하고 있는 셈이다. 굳이 직장 생활에 비유하자면 수당도 없이 초과 근무 중인 상태와 같은 것이다. 딱히 하는 일은 없어 보이지만 그렇다고 퇴근을 할 수 있는 것도 아닌 바로 그 상태. 그게 아니라면 소설이 써지지 않을 때 더 괴로울 이유가 무엇이겠는가. 요추 통증과 원형탈모도 특별히 무얼 더 해서가 아니라, 무얼 더 하지 못해서 생기는 질환인 것이다.

그나마 다행인 건 아무것도 써지지 않을 때, 도움이 될 만한 방법들이 세상에는 여럿 알려져 있다는 점이다. 그만큼 소설을 쓰지 못하는 소설가들이 이미 도처에 널려 있는 탓이다. 산책을 하거나 수영을 하거나 주말마다 등산을 하는 사람들도 있고, 누군가는 청소에 매달린다고 했다. 구역을 세분화해서 이번에는 냉장고이지만 다음에는 욕실의 물때를 닦고, 일부러 신발장이나 책장을 깔별로 정리한다고도 했다. 내 경우에는 억지로라도 잠을 더 자려고 하는 편이다. 그러다 보면 현실에서와는 달리 꿈에서만큼은 뭔가 대단한 문장을 구사할 때가 있는데, 그런 것에라도 의지해서 도움을 받고 싶었던 것이다. 아니면 평소보다 오래 목욕을 하고, 심신을 가다듬은 후에 그분에 게 기도했다. 그런 이유로 소설이 잘 써지지 않을 때 마다 나의 신앙심은 점점 깊어져만 갔다.

뭐, 믿음의 크기로 보자면, 종교인들이야말로 가 장 유능한 소설가가 되어야 마땅할 테지만 꼭 그런 것만도 아니다. 산책이나 등산으로 심신을 단련해도 마찬가지이다. 엄홍길 대장이 소설 썼다는 소리를 나 는 아직까지 들어본 적이 없다. 송해와 같은 해에 태 어난 우리 외할머니는 당신의 권사 직함을 늘 자랑스 러워했는데, 내게 그분을 향한 믿음의 중요성을 수시 로 상기시킨 사람도 우리 외할머니였다. "맞아요, 할 머니. 그분 덕분에 이번 마감도 무사히 넘겼어요. 교 회는 다음부터 꼭 나갈게요." 그러나 정작 신실한 믿 음의 결과물로 완성된 나의 첫 소설집을 받아 들었을 때 외할머니는 별로 탐탁지 않아 보였다. 어딘가 걱 정 섞인 투로 "아가, 근데 그거 다 그짓말 아니냐?" 했 을 뿐이다. 옆에서 막내 이모가 근래 백내장이 더 심 해져서 요즘엔 성경책도 잘 못 보신다고 변명했으나, 꼭 그런 이유 때문에 내 소설을 읽지 않은 것은 아닌 듯했다.

소설이 잘 써지지 않을 때 수영을 하는 사람은 심폐 기능이 좋아진다. 청소를 하면 주변이 정돈되고 위생적으로 우수한 환경에서 생활할 수 있다. 기도를 하면 할머니에게 칭찬받는 외손주가 될 수도 있으나 그러나 안타깝게도 그것만으로 소설이 완성되는 것은 아니다. 결국 소설이 써지지 않을 때 할 수 있는 일이란 소설을 쓰는 것 외엔 아무것도 없다. 그런데 뭘 써야 한다는 거지? 이것이 글쓰기의 난제이자 괴로움의 원천이다.

그럼에도 이런 방법들이 나름 소설에 도움이 된다고 알려진 데에는 그럴 만한 이유가 분명 있을 터였다. 요즘 들어 자주 아무것도 써지지 않았다. 장기복용한 루테인이 무용할 만큼 노트북의 화면만 노려보고 있을 때가 많았는데, 잘 쓰는 건 둘째치고 그냥 쓰는 것조차 버거웠다. 무엇으로부터 시작해야 할지 알 수가 없어서 막막하고 빈 문서의 공백들이 몹시 광활하게 느껴졌는데 그때마다 남들 하는 대로 밤낮으로 산책을 나가기도 하고, 가까운 수영장에 회원 등록을 하기도 하고, 본래 하던 대로 기도도 많이 했으나 나아지는 건 별로 없었다. 대신, 그 시간 동안만큼은 온전히 한 가지 생각에 몰입할 수 있었다. 거기에 한번 몰두하면 좀처럼 빠져나오기가 쉽지 않았다. 대개는 나를 화나게 하거나 부끄럽게 하거나 아무튼 어딘가에 말하기에는 괜히 옹졸한 사람으로 보이게 만드는 일들이었다. 시작하면 종일 그 생각만 하게 되고, 나중에는 이유가 무엇이든 간에 상당한 크기로 몸집을 불려나가는 것. 그런 것으로 나는 겨우 무언가를 쓰기 시작할 수 있었다.

어쩌면 글쓰기에 도움이 된다고 하는 조언들도 아마도 이런 점을 가리키는 것일지도 모른다. 단순히 정신을 맑게 하라거나, 건강한 신체로부터 건강한 글이 써진다거나, 아니면 다방면의 활동을 통해 얻을 수 있는 소재 찾기의 노하우 같은 건 아닐 것이다. 대신, 글쓰기의 괴로움을 온전히 대면할 시간이 필요하다는 것. 그렇지 않고 무얼 쓰기란 거의 불가능하다는 것. 그러므로 소설을 쓰기 위해 소설이 써지지 않는 그 공백의 시간은 불가피하고 필연적이라는 것. 무엇보다 나는 소설이 잘 써져서 괴롭지 않다고 자랑하는 소설가를 한 번도 본 적이 없다. 대신, 소설이 잘 써지지 않는다고 토로하는 소설가가 등장하는 소설은 여럿 알고 있다. 남들도 다 그렇다는 사실이 나름 위안이 되기도 하고, 앞으로 더 나아질 가망은 없는 것 같아서 조금 암담하기도 하다.

떠나온 자로서

전성태

1994년 《실천문학》 신인상으로 등단. 소설집 『매향(埋香)』 『국경을 넘는 일』 『늑대』 『두번의 자화상』, 장편소설 『여자 이발사』, 산문집 『세상의 큰형들』 『기타 등등의 문학』 등이 있다. 신동엽문학상, 채만식문학상, 오영수문학상, 현대문학상, 이효석문학상, 한국일보문학상, 아름다운작가상을 수상했다.

존 윌리엄스의 장편『스토너』는 평생 대학 강단에 섰던, 존재감 없던 한 교수의 일대기를 다루고 있다. 미주리의 가난한 농가에서 태어난 스토너는 고향을 떠나 농대에 진학한다. 이 젊은이는 졸업하고 나서 부모 곁으로 돌아가 농부로 살아갈 인생을 의심치 않는다. 그러나 2학년 교양과목인 영문학 개론을 듣다가 운명이 바뀐다.

  스토너는 책상을 꽉 붙들고 있던 손가락에서 힘이 빠지는 것을 느꼈다. 그는 손을 이리저리 돌려보며 그 갈색 피부에 감탄하고, 뭉툭한 손끝에 꼭 맞게 손톱을 만들어준 그 복잡한 메커니즘에 감탄했다.

작고 작은 정맥과 동맥 속에서 섬세하게 박동하며 손끝에서 온몸으로 불안하게 흐르는 피가 느껴지는 듯했다.[1]

그는 주위의 사물과 풍경은 물론 자기 자신마저 낯설어지는 경험을 한다. 대학 도서관의 서가들 사이를 돌아다니며 퀴퀴한 책 냄새를 들이마시고 책을 가만히 꺼내보거나 책장을 펼쳐 아무 문단이나 읽어본다. 작가들이 문학과 사랑에 빠지는 사건을 겪듯이 스토너는 자기만의 시간, 고독에 빠져든다.

젊은 스토너의 모습은 풋풋하면서 아리다. 스토너는 자신의 결정을 부모에게 전해야 한다. 가난하고 노쇠한, 그래서 연민과 사랑의 대상이었던 부모와, 그리고 그 세계의 아이였던 자신과 결별해야 한다. 졸업식이 끝나고 이제 부모와 함께 집으로 돌아갈 시간이 되었을 때 스토너는 말한다. "제가 드리고 싶은 말씀은, 두 분과 함께 집으로 돌아가지 않겠다는 겁니다."[2]

1 존 윌리엄스, 『스토너』, 김승욱 옮김, 알에이치코리아, 2020, 22쪽.
2 존 윌리엄스, 같은 책, 35쪽.

내 열아홉 살 저편의 일들이 떠오른다. 대학 입시를 앞두고 소설가가 되기로 마음먹었던 교실에서 나는 왜 그렇게 비장했는지 새삼스럽게 의문이 든다. 내가 앞서 스토너에게 '운명'이라는 단어를 쓰면서 불편했던 건 작가의 길을 선택하는 일이 운명 운운할 정도로 대단하지 않다는 생각을 오랫동안 해와서다.

그러나 그때는 운명이라는 생각에 사로잡혀 있지 않으면 괴로웠다.

대학 입학원서를 쓸 무렵에 아버지가 학교를 방문했다. 담임은 부모와 상담한 후에 원서에 도장을 찍어주겠다고 했다. 내 기억에 아버지가 학교를 방문한 건 그때가 처음이었다. 나는 순천에서 자취를 하고 있었고, 보름에 한 번 식량과 용돈을 받으러 버스를 두 번 갈아타야 하는 고향 집에 다녀오고는 했다. 교무실에 나타난 아버지는 쌀자루와 반찬 보자기를 들고 잔뜩 긴장해 있었다. 담임은 내가 진학하고자 하는 문예창작과를 호의적으로 말하지 않았다. 아들이 너무 고집을 부린다, 그곳은 어중이떠중이들이 모이는 곳이며 장차 아이를 망칠 것이라고 아버지에게 말했다. 나는 어떤 대꾸도 하지 않았고 담임은 이제

공을 아버지에게 넘기겠다는 듯 상담을 마쳤다.

매곡동에서 금곡동으로 이어지는 구불구불한 골목길을 걸어 자취방으로 가면서 아버지는 아무 말이 없었다. 나는 길을 안내하느라 앞서 걸었다. 아버지의 표정을 살필 수 없었지만 아버지가 낙담하고 있다는 걸 알 수 있었다. 어쩌면 아버지는 배신감을 느끼고 있는지도 모른다고 생각했다. 그건 내 마음의 상태이기도 했다. 오랫동안 스스로 어깨에 올려둔, 내가 대학이나 직업을 선택한다면 온전히 나 자신을 위한 것이 아니라 가난하고 형제 많은 가족을 위한 선택이어야 한다고 여겼다. 나는 마치 그 약속을 파기하는 자처럼 위축되어 있었다. 그러나 발걸음을 멈추고 아버지에게 "너무 걱정하지 마세요. 선생님이 권하는 학과로 갈게요" 하고 말하지 못했다. 스토너가 부모와 함께 집으로 돌아갈 수 없다고 고통스럽게 얘기한 것처럼 나는 침묵으로 버텼다. 긴 시간을 두고 내 운명을 증명해줘야 하며 결코 흔들려서는 안 된다고 어금니를 물었다. 자취방에 와서도 아버지는 원서에 대해 가타부타 말이 없었다. 뒷날 내가 작가가 되고 결혼한 후 아버지는 식탁에서 흘리는 말씀처럼 그날의 심정을 언급한 적이 있었다. "애비가 자기만 좋은 인생을 살겠다고 했지." 나는 아버지가 내 소설을 읽었다고 장담할 수 없지만 내 길은 인정해주고 떠나셨다고 생각한다.

나는 나 스스로에게 좋은 인생을 살았을까? 스토너처럼 문학에 들린 사건 같은 순간이 내게 있지는 않았다. 성장기를 에운 환경이 문학적이었다고 생각한 적은 있다. 할머니와 지낸 어린 시절, 농경과 방언의 세계, 들과 산에서 자란 자연의 아이, 아홉 살에 진학한 늦은 아이로서의 자의식, 주산부에서 문예반으로 데려간 선생님, 시골에서 소도시로 나아간 여로…… 물론 어디까지나 책이 몇 권 쌓이고 나서 갖게 된 생각이다. 작가가 되는 조건이 있다는 말을 믿지 않는다. 어쩌면 숨 막힌 입시 생활이야말로 나를 문학으로 이끌지 않았을까. 나는 숨을 쉬려고 일기장을 끼고 살았고, 자취방에서 소설을 쓰고 읽고, 비슷하게 숨 막혀 하는 친구들 몇과 동인지를 만들었다. 원서 쓸 무렵이 되어 고개를 들어보니 내가 갈 곳은 거기밖에 없다는 듯이 문학의 길이 눈에 들어왔다. 나는 문학에 자연스럽게 편입했다고 볼 수 있다.

대학 생활은 만족스러웠다. 1980년대 말에서 1990년대 초로 이어진, 학생운동을 체험한 세대로서 작가로 성장하는 데 필요한 많은 것들을 대학에서 배웠다. 문학의 역할도 그곳에서 깊이 생각하게 되었고, 사표가 되는 많은 작가들도 만났다. 하물며 아버지와 나의 세계에 대한 이해도 하게 되었다.

나는 『스토너』를 흠뻑 빠져서 읽었다. 스토너가 생의 국면마다 느꼈던 상실감이나 고독감은 내 일처럼 여겨진다. 늦은 나이에 교수가 되어 고향 근처에 와 있고, 스토너가 인생에서 겪은 몇 가지 국면들을 이미 겪었거나 앞두고 있다. 나는 직업인으로서 교수가 되지 않으려고 오랜 시간 버텨왔다. 전업 작가의 삶을 동경하였다. 대학에 자리를 잡았을 땐 전업으로 글을 쓰는 작가들에게 죄책감과 미안한 마음이 들었다. 소중한 맹세를 저버리고 떠나온 것 같았다. 위험한 상황에 놓였다는 자괴감을 떨치지 못하고 지내는 나는 작가로서 내 길이 꺾이지 않아야 하지만 가르치는 일도 잘해내야 한다. 두 가지 역할을 썩 훌륭하게 병행해낸 작가들이 많지 않으므로 긴장된다.

고백하자면 스토너와 같은 젊은 초상을 잊고 지

낸 지 오래되었다. 작가의 길을 걷는 데 다른 중요한 일들이 많았다. 존경하는 작가들이 문학적 슬럼프를 어떻게 극복했는지, 어떤 실패를 감내하며 문학적 도전을 감행했는지, 문학이 한없이 하찮게 여겨지는 자의식에 시달릴 때 어떤 자기암시로 돌파했는지, 한 작가가 감당할 수 있는 세계가 얼마나 되는지, 작가가 문학을 통해 성장한다는 게 어떤 것인지 내 독서는 그런 문장을 찾는 데 골몰했다. 김원일이라든가 오에 겐자부로라든가 오르한 파묵처럼 마라토너와 같은 작가들의 작품을 나이 새겨가며 읽었다. 그러므로 존 윌리엄스의 『스토너』를 공감하며 읽은 것도 내가 어떤 국면에 맞닥뜨렸다는 신호다.

이곳으로 와 내 방이 생겼을 때 생맥주 잔 같은 유리병 하나를 구했다. 나는 병에 동백나무의 까만 씨를 모으고 있다. 내가 이곳에 와서 변한 건 그것밖에 없다는 듯 나는 동백씨를 모은다. 주위 사람들이 무슨 의미가 있는지 궁금해하고 각자 의미를 부여하지만 나는 속내를 말하지 않는다. 고향에는 동백이 많고 아름다웠지만 미처 깨닫지 못하고 살았으며 첫 출근길에 동백씨를 발견했을 뿐이다. 그리고 생각했다.

나는 고향을 모르는 사람이었고, 그러므로 고향으로 돌아온 사람이 아니라 어디에서 이곳으로 떠나온 사람이라고. 나는 연못에 이슬 한 방울이 떨어지듯 동백씨 모으는 일을 작은 일이라고 생각한다. 학교에 와 있는 일도 그러기를 바란다. 십여 년이 지나 이 방을 떠날 무렵이면 동백씨로 병이 가득 찰지 모른다. 부디 병을 들고 서서 "나는 나 스스로에게 좋은 인생을 살았을까?" 하고 묻지 않기를.

나는 삼십육 년 전 아버지와 걷던 길에 거처를 구했고 그 방에 앉아 이 글을 쓰고 있다. 글 쓰는 행위를 나만을 위한 무엇으로 여기며 살아오지 않았으므로 열아홉 살의 고뇌가 지금으로서는 우습게 여겨진다. 그럼에도 이렇게 쓰고 나니 글 쓰는 일이 나만을 위한 것이어도 좋을 것이라는 생각이 든다. 나는 왜 소설을 쓰는가? 지금 내가 딛고 있는 생활에서 그 대답을 해야 한다면 어떤 문장도 마련되어 있지 않다. 어렴풋한 의문문이 하나 있기는 하다. 나는 이제 돌이킬 수 없는 길로 온 게 아닐까?

쉽게

배운 글은

쉽게

글을 쓰지 못하게 한다

정소현

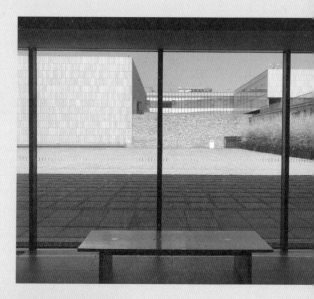

2008년《문화일보》로 등단. 소설집 『품위 있는 삶』 『너를 닮은 사람』, 중편소설 『가해자들』이 있다. 젊은작가상, 김준성문학상, 한국일보문학상, 현대문학상을 수상했다.

내 아이가 다니던 공립단설유치원에서는 교육부의 방침대로 한글을 따로 가르치지 않았다. 나도 아이에게 한글을 가르치지 않았고, 책도 일부러 읽히지 않았다. 그 사실을 알게 된 나의 부모님은 손녀가 초등학교에 갈 때까지 제 이름조차도 못 쓸까 봐 초조해했다.

"걸음마가 늦다고 평생 앉아서 지내는 것도 아니고, 이르다고 걷기의 달인이 되는 것도 아니잖아요. 평생 걸어야 하는데 좀 늦으면 어때요?"

내 말에 부모님은 매번 설득되어 고개를 끄덕거리다가도 나이 먹어 가나다도 읽지 못하는 손녀를 보면 다시 나를 채근하곤 했다. 아이가 어느 날 갑자기

한글을 터득해 책을 줄줄 읽는다는 소식을 전하자 부모님은 손녀를 대견해하면서도 나에게 당신들의 딸을 자랑하기 시작했다.

당신들의 딸은 몇 살이 아니라 몇 개월이라고 부를 시기에 이미 한글을 알고 있었다. 말도 제대로 못하는 아기가 옹알거리는 소리를 유심히 듣다 보니 책을 읽고 있었다는 것이다. 그 딸은 말을 할 줄 알게 되면서 세상의 모든 글자를 소리 내 읽었다. 버스를 타면 쉴 새 없이 간판을 읽었고, 간판에 적힌 모든 글자에서 온 식구들의 이름을 찾아내고는, '할머니, 제가 어떻게 글씨를 읽을까요? 아무도 안 가르쳐줬는데'라는 말로 마지막을 장식하곤 했다. 버스에서 내릴 때쯤이면 승객들은 겨우 말을 배워 혀 짧은 소리를 하는 아기의 부모뿐 아니라 친인척의 이름을, 아기가 한글을 스스로 터득했다는 사실을 반강제로 알게 되었을 것이다. 종일 책만 들여다보던 딸을, 어디를 데려가든 책만 있으면 몇 시간이고 조용히 있었던 딸을, 온갖 종이 쪼가리에 종일 글씨를 쓰고 그림을 그렸던 딸을, 손녀의 나이쯤 되었을 때는 이미 오거서를 읽었다는 딸을 내게 자랑했다.

"아니, 그런데, 그게 저잖아요!"

이쯤 되면 그 딸은 당신들 앞에 있는 아이 엄마가 아니라, 청룡·백호·주작·현무 같은 상상의 존재이며, 자신들의 딸도 아닌 알에서 태어난 존재 같은 것이다. 이전에는 그런가 보다 하고 들어 넘겼지만, 아이를 키우고 보니 그것은 애정으로 인해 어느 정도 부풀려진 이야기임을 알게 되었다. 이제 늙어가는 딸을 두고 어디 가서 그런 부끄러운 말씀은 하지도 마시라 당부했더니 부모님은 말했다.

"글을 늦게 깨우친다고 평생 문맹으로 지내는 건 아니지만, 빨리 깨우친 덕분에 소설가가 된 거 아니겠니?"

그럴 리 없는 우스갯소리였지만, 글을 일찍 배운 건 내 인생에 큰 영향을 주었고, 소설가가 될 수 있었던 역설적인 이유가 틀림없다.

어쨌거나 나는 글을 모르던 시절을 기억하지 못한다. 글을 읽을 줄 아는 아이에게 세계는 이해할 만한 곳이었다. 직접 만져보지 않아도, 뚜껑을 열어보지 않아도, 먹어보지 않아도 그게 무엇인지 알 수 있었다. 부끄러움을 무릅쓰고 물어보지 않아도, 힘들여

찾아보지 않아도 그것이 무엇이며 어떻게 작동되는지 알 수 있었다. 사물의 형태나 촉감보다 이름을 먼저 알았고, 그것들은 대부분 설명되어 있었다. 간판과 표지판, 설명서, 사전, 책으로 배우는 세상은 명료했고 이해 가능한 거였다. 아마도 나는 내 아이가 오감으로 감각하고, 의문을 갖고, 기대하고, 상상하고, 질문을 하는 단계에서 알아낸 복잡다단한 것들을 아주 손쉽게 글로 배웠을 것이고, 쉽게 다음 단계로 넘어갔을 것이다. 무분별한 남독을 통해 세계와 인생을 간접 체험 했을 것이고, 인과율과 삶과 죽음을 배웠을 것이다. 전부 사실일지는 모르겠으나 훗날의 나를 보았을 때, 그런 과정이 있었음은 분명했다.

나는 둔감하고 관조적인 어린이가 되었고 많은 것을 알고 있다고 착각하는 청소년으로 자라났다. 실제로 일의 구조를 파악하는 것에 소질이 있었고, 원인을 보면 결과를 쉽게 유추해낼 수 있었기에 오만한 마음이 들기도 했다. 고전은 내게 모든 인간은 우연히 태어나 필연적으로 죽는다는 것을 알려주었고, 시간에 대한 공포를 심어주었다. 내가 감각하는 사물들은 곧 사라질 것이고 나 또한 죽을 거라는 생각에서 벗어날 수 없었다.

그때의 나는 글쓰기를 몹시 싫어했다. 백일장 전날이면 배가 아팠고, 원고지 한 장을 채우기가 힘들어 몸부림치곤 했다. 소재에 대해 두세 줄 쓰고 나면 더는 쓸 말이 없었고 생각도 없었다. 그때는 핵심만 쓰면 되지, 많은 분량이 왜 필요하냐고 따지고 싶었지만 실은 모든 것을 글로 배웠지, 직접 몸으로 배운 게 없었기에 디테일에 대해서는 알지 못했고, 그래서 쓸 말이 없었던 것이다. 나는 자유로운 글쓰기보다 요약 정리를, 서술형보다 단답형을, 상상화보다 사생화 그리기를 좋아했고, 수학 문제 푸는 것을 즐거워했다. 내가 글로 배운 세계는 너무나 논리 정연하고 명료하여, 상상력이 끼어들 틈이 없었다. 내가 상상할 수 있는 것은 기껏해야 죽음뿐이었다.

그런 나를 변하게 한 것은 1994년 여름의 기록적인 폭염이었다. 신입생이었던 나는 방학 내내 더워지기 전 집에서 나와 종일 도서관에 있다가 해가 진 뒤 귀가했다. 그때의 전공은 소설과는 전혀 관계없는데도 소설만 읽었다. 우연히 집어 든 소설에서 출발해, 그 작가의 전작을 읽고, 책날개의 출간물 리스트를 읽고, 더는 읽을 소설이 없어질 때까지 멈추지 않았다. 소설은 내게 감각과 감정의 스펙트럼이 다양해 타인을 온전히 이해하는 게 불가능함을, 그러니 그렇게 절망할 일은 아니라는 것을, 그럼에도 내가 겪고 있는 일들을 경험한 누군가가 있으며 작가 또한 이해하고 있음을 알려주었다. 그리고 문자와 실재 간에 커다란 간극이 존재하며 몇 줄로 요약되는 삶과 죽음 사이에 소중한 희로애락이 내포되어 있음을 잊지 말아야 한다는 사실을 알게 했다. 그것은 나에게 큰 위로를 주었는데, 음악이나 미술이 주는 것과는 완전히 다른 방식이어서 당황스러웠다. 공감 능력이 부족한 나를 이야기 속으로 유인해 차근차근 설득하다가 도망칠 수 없게 온몸으로 끌어안고 안심시켜 준 것은 소설뿐이었다.

처음 소설을 쓴 건 그로부터 사 년이 지나고서였다. 어느 밤 내가 초등학교 때 같은 반이었던 여자아이와 함께 개천가를 걸으며 보았던 풍경과 코를 찌르던 악취가, 그 아이와 나눴던 대화가 떠올랐고, 그때의 내 마음을 그대로 재현하고 싶어졌다. 가장 큰 문제는 내가 둔감하여 그 감각을 표현해낼 수 없다는 것이었다. 기껏 쓴 문장은 점점 더 실재에서 멀어졌고, 군이 주인공이 그 아이가 아니어도, 배경이 그곳이 아니어도 되는, 뭉뚱그려지고 관념적인 이야기가 되어버렸다. 그것은 아무것도 표현하지 않은 것과도 같았다. 그때 내가 소설로 세계를 재현했던 방식은 어린 시절 글로 세계를 학습한 방식과 유사했다.

이듬해 다시 소설을 전공하게 되면서 나는 관념의 세계에서 즉물의 세계로 이동해야 했다. 내가 알고 있다고 생각했던 것들을 다시 몸으로 아는 과정이 필요했다. 오감으로 감각한 것들만 쓰고 비약해서 결론짓지 않는 훈련이 필요했다. 태어나서 죽는다 사이에 생략된 잡다한 시정잡배들의 이야기를 채워 넣어야 했다. 삶과 죽음이 아닌 바닥에 놓인 가방이나 잃어버린 모자 같은 것에 대해 쓰기란 쉽지 않았다. 그렇게 하기에 나는 상상력과 공감 능력이 부족했다. 부족한 능력은 유추와 추론으로 메워나갔다.

첫 소설을 완성하기 전까지 소설을 쓸 수 있을 거라고 생각하지 못했다. 그것은 사실 지금도 마찬가지여서, 내 소설을 내가 썼다는 것이 믿기지 않고, 새 소설을 완성하기 전까지 그것을 완성할 수 있으리라는 상상을 하지 못한다. 나는 여전히 백일장 전날 배가 아팠던 어린아이와 다르지 않다. 내겐 여전히 글로 세계를 배웠던 아이의 나쁜 습관이 남아 있고, 모든 것을 삼단논법으로 정리하고 명제화하고자 하는 욕망이 꿈틀거린다. 쉽게 배운 글이 쉽게 글을 쓰지 못하게 하고 있는 것이다.

내 출신 성분을 알기에 나는 잊지 않기 위해 가끔 생각한다. 소설을 쓴다는 것은 태어남과 죽음 사이의 시간을 삶으로 채워 넣는 일이고, 삶을 감각하는 일이다. 당신이 알고 있는 그 풍경과 느낌을 아는 사람이 당신만은 아니라고, 나도 알고 있으니 안심하라고 독자를 안아주는 일이다. 1994년의 여름, 그 많은 소설들이 제가 아는 게 다인 줄 알았던 소통 불능의 여학생을 끌어안고 위로해주었듯 말이다.

소설을 위한
낙서

정용준

2009년 《현대문학》 신인추천으로 등단. 소설집 『선릉 산책』 『우리는 혈육이 아니냐』 『가나』, 장편소설 『내가 말하고 있잖아』 『프롬 토니오』 『바벨』, 중편소설 『유령』 『세계의 호수』, 산문집 『소설 만세』가 있다. 젊은작가상, 황순원문학상, 문지문학상, 한무숙문학상, 소나기마을문학상을 수상했다.

써야만 한다.

　짧은 문장 하나를 노트에 적어놓고 그 밑으로 한동안 아무 문장도 쓰지 못했다. 침대에 누워 창밖을 바라보며 중얼거릴 뿐이다. 어느 방 어느 침대에 누워 서해의 어느 해변을 바라보고 있다. 이름이 없는 것들이 모인 풍경. 단조롭기 짝이 없는 무던하고 순한 풍경 속에서 변하는 것이라곤 밀물과 썰물밖에 없다. 간혹 허공을 가로지르는 새. 느리게 운행하는 구름. 잠깐의 태양. 아침에 들어왔다 밤에 빠져나가는 바다. 아무도 걷지 않는 젖은 해변을 본다. 무심히 박혀 있는 조개껍데기. 어딘가에 묻혀 있을 이름 없는 어느 시체들. 나는 이런 것들을 생각하면서 또 생각한다. 그러니까, 써야만 한다.

이런 문장들 말고 소설의 문장을 쓰고 싶다. 그런데 소설의 문장이란 무엇일까. 소설 같다는 느낌은 어떻게 발생하는 걸까. 나는 그런 것들을 알지 못하고 소설을 써왔다. 아니 소설이라고 믿는 것들을 써왔다. 믿음이란 믿음 외에는 아무것도 의지할 수 없다. 믿음의 토대는 믿음밖에 없으니까. 나는 그 믿음에 의지해 소설을 쓰지만 믿음이 흔들리면 고아처럼 벌벌 떠는 연약한 무능력자다. 소설가가 쓴 긴 글은 소설이 되는 걸까. 아니면 소설이 되는 긴 글을 쓰면 소설가가 되는 걸까. 왜 나는 아직도 이런 하나 마나한 생각을 하며 시간을 허비하는 걸까. 하지만 허비되지 않는 시간이란, 낭비되지 않는 시간이란 가능한가. 허비되고 낭비되어야 비로소 완성되는 언어가 시간이다.

문장에 소리가 있으면 좋겠다. 소리를 닮은 문장이 아닌, 소리가 들리는 듯한 문장이 아닌, 실제로 소리가 깃든 문장이 있으면 좋겠다. 그것이 가능하다면 얼마나 좋을까. 문장 속에 리듬을 깔고 화음을 만들고 멜로디를 집어넣을 수만 있다면, 사운드를 만들어 마음대로 변주할 수 있다면 얼마나 근사하겠는가. 그렇다면 어떤 문장은 음악이 될 수 있겠지. 비유 없이, 수식 없이, 상징 없이, 묘사 없이, 문장도 음악이 될 수 있겠지. 전후좌우에 음악을 만들고 한가운데 단어 하나를 집어넣어 둥둥 띄워놓을 수만 있다면 얼마나 좋겠는가. 이런 상상은 소설에 도움이 되는 걸까. 해가 되는 걸까.

불가능. 문장으로서는 결코 할 수 없는 일들에 대해 생각한다. 직관에 대해. 느낌에 대해. 감각에 대해. 생명력에 대해. 인과의 도움 없이, 논리와 이유 없이도 실재를 해석할 순 없을까. 개연성을 저주해. 설득력을 미워해. 그런 것 없이도 소설이 작동되면 좋겠어. 이야기가 없는 소설. 배경이 없는 풍경. 대사와 생각이 없는 인물. 사건이 없는 일상. 언어의 도움 없이 전달할 언어가 필요해. 나는 너무도 많은 언어가 필요해. 가난한 나는 언제나 내 꿈과 과거에 구걸하지.

그러나 불가능한 문장은 없다. 아니, 그렇게 말해서는 곤란하지. 그러면 누군가 불가능한 문장은 있다, 고 할 테니까. 나는 싸울 힘이 없다. 하지만 중얼거릴 수는 있지. 내가 그렇다는데 내가 내게 해명할 필요는 없지 않겠는가. 그럼에도 불구하고 그렇게 말해서는 곤란해. 불가능한 문장은 존재하지 않지만 가능한 문장이란 것도 존재하지 않으니까. 하지만 생각해보자. 문장의 존재 방식에 대해서. 그것은 오래된 말놀이 아닐까. 더는 웃는 자들이 없는. 오래된 농담 같은. 하지만 존중할 수밖에 없는 늙은 자들의 유머 같은.

하지만, 써야만 한다.

새가 소리를 내며 날아간다. 정확하게 쓰고 싶지만 정확하게 쓸 수 없다. 부정확하게 쓰지 않기 위해 어떤 정확함을 피했다. 어떤 이는 새가 말한다고 한다. 널리 알려진 상상은 새가 노래한다는 것이고 슬픈 자들의 눈에는 새가 운다고 느껴진다. 단순한 것도 정확하게 표현하기란 너무도 어렵다. 나는 그것이

싫지만 그것이 좋다. 그 힘이 아니면 나는 아마도 한 줄도 쓸 수 없었겠지. 새소리를 그대로 재현할 순 없지만 내가 좋아하는 새소리는 있다.

누누누, 누누, 누누누누, 누누누.

사람이 우는 소리도 문장으로 만들어보고 싶다. 엄마가 우는 소리는 어떻게 써야 할까. 아이가 우는 소리는. 죽기 직전에 우는 소리는. 죽은 후에 우는 소리는. 개가 우는 소리는. 나무가 우는 소리는. 어쩌면 아무도 울지 않을 수도 있다. 아무도 울지 않는데 운다고 착각하며 쓰는 문장들. 언어만 운다. 존재하지 않기에 우는 시늉을 할 수 있다. 눈이 온다. 눈이 오는 소리가 들린다. 대숲이 분주히 웅성거린다. 눈이 오는 소리인가. 눈이 와서 대숲이 내는 소리인가. 눈이 올 때 영혼도 오고 눈이 오면 과거도 온다. 문득 어떤 사람이 생각났다. 그 사람에게 언젠가는 미안하다, 라고 말해야 한다. 그 다짐을 해마다 했고 늘 기회를 노렸다. 하지만 그는 죽었다. 내겐 기회가 없지만 가끔 그는 죽은 상태로 나를 찾아오곤 한다. 내겐 기회가 있다. 그러나 아직도 나는 그에게 미안하다고 말하지 못했다. 그렇게 말하면 다시는 나를 찾아오지 않을 수도 있다. 미안하다, 고 말하지 못해 미안하다, 고 쓰는 자가 되었구나. 그동안 나는 그를 생각하며 셀 수 없이 많은 문장을 썼다. 그중에 미안하다, 라는 문장을 셀 수 없이 많이 썼다. 하지만 그것들을 모두 다른 문장으로 고치거나 삭제했다. 하지만 그는 알겠지. 그의 투명하고 깊은 눈은 내 문장을 읽으면 알겠지. 첫 문장과 마지막 문장이 미안하다는 문장이라는 것을. 그 안을 채우고 있는 온갖 이야기들이 실은 미안하다는 문장을 향한 허약한 다리에 지나지 않는다는 것을. 읽었다면 읽었다, 라고 안다면 안다, 라고 말해주면 좋겠지만 그는 말도 없이 가끔 내 곁에 머물다 사라지곤 한다.

늘어가는 질투와 허무. 소설을 쓰면서 얻은 시간은 주로 이 두 가지로 구성되어 있다. 질투는 나의 힘. 질투가 힘이라니. 그것은 너무 슬프지 않은가. 나는 그 힘을 모른다. 그 힘을 도대체 어디에 쓴단 말인가. 질투도 힘이고 허무도 힘이다. 두 힘이 부딪칠 때마다 한숨이 난다. 욕조 밑 마개를 뽑아 식은 물을 내려보내고 더운물을 조금 채워 넣는다. 이렇게 평생을 살 수도 있을 것 같다. 평생은 몇 밤으로 이루어져 있을까. 이런 생각을 몇 밤이나 해야 할까. 이런 문장을 몇 개나 써야 할까. 그중 몇 개가 소설이 되는 걸까.

젖은 몸을 수건으로 꼼꼼하게 닦고 침대에 들어가 무엇을 할까 고민하다 삼 년 전에 쓴 소설을 읽어 봤다. 이상했다. 내가 쓴 게 아닌 것 같았다. 이 문장 다음에 저 문장이 나오는 것이 자연스럽지 않게 느껴졌다. 어떤 단어는 내게는 없는 단어다. 지금 썼다면 분명 퇴고하는 중 뺐을 것이다. 왜 나는 그렇게 구질구질하게 설명하는 걸까. 왜 저 인물은 그토록 단순한가. 나는 내가 쓴 소설을 읽으면서 점점 마음이 상한다. 아무도 없는 방에서 아무도 없는 허공을 향해 비아냥거리는 소리를 나지막이 중얼거리기도 했다. 그리고 생각했다. 소설은 이제 어떻게 쓰는 걸까. 소설을 어떻게 써왔던 것일까. 그동안 내가 썼던 소설은 내가 쓴 게 맞는 걸까. 이런 생각을 하기 시작하니 한없이 내 자신이 초라하게 느껴졌다. 하지만 어쩌겠는가. 그런 것을.

몸을 움직일 때마다 의자에서 끼익, 하는 소리가
난다. 밤은 왜 고요하나. 어둠은 왜 고요하나. 생물들
은 왜 잠이 드나. 키보드에서 쏟아지는 물소리. 머리
를 움직일 때마다 목에서 끼익, 하는 소리가 난다. 생
각은 왜 고요하나. 눈물은 왜 고요하나. 꿈은 왜 끝이
없나. 나는 지금 어둔 밤 어딘가에 누워 허공을 떠돈
다. 영혼이 어딘가를 홀로 돌아다니고 있고 정신은
어제부터 잠들어 깨지 않는다. 육체는 오래전에 죽
어 영원히 늙지 않는 청년. 어둠 속에 숨어 사는 존재
들. 시간과 시간에 끼어 사는 소리들. 과거와 현재와
미래가 한순간에 열리고 감각은 마비되고 쏟아지는
빛, 스며드는 빛, 멀리서 걸어오는 빛, 시간은 흐르고,
시간은 흐르다 고이고, 시간은 흐르다 고이며 마침
내 마르네. 마르고 말라 바닥을 보이는 대지. 밤을 나
는 새들. 밤을 나는 인간들. 밤을 떠도는 비행기들. 떨
어지는 별. 끓고 있는 바다. 심해는 오래전부터 얼어
붙은 작은 대지. 땅속에 묻혀 조금씩 사라지는 당신.
얼음에 갇혀 조금씩 눈을 뜨는 당신. 가까이에 있는

기억들. 손가락과 발가락과 머리카락과 두 개의 귀와 두 개의 입술과 두 개의 눈동자. 흔들리는 것들. 흔들리며 가까이에서 춤추는 모든 것들. 죽은 자들. 죽은 여동생. 죽은 연인. 죽은 개. 죽은 식물. 몸을 움직일 때마다 의자에서 끼익, 하는 소리가 난다. 손가락을 움직일 때마다 기타줄에서 끼익, 하는 소리가 난다. 종소리가 울린다. 종소리가 두 번 울린다. 종이 저혼자 흔들리고 있다. 오늘은 두 마리의 개를 만났어요. 하나는 흰 개였고 다른 하나는 얼룩무늬 개였죠. 그 둘은 다른 방에 갇혀 열두 계절을 보냈다고 해요. 그 시간 동안 그 둘은 한 번도 만나지 못했어요. 오직 서로의 소리만, 오직 서로의 목소리만, 오직 서로의 냄새만, 오직 서로의 뒤척임만, 오직 서로의 숨소리만 들었지요. 흰 개는 얼룩무늬 개를 사랑합니다. 얼룩무늬 개는 흰 개를 증오합니다. 그 둘을 만나게 해주세요. 몸을 움직일 때마다 성대에서 끼익, 하는 소리가 난다. 개 짖는 소리처럼 들린다. 개가 있을 리 없는 어두운 방에 검정 개 한 마리가 앉아 내 쪽을 보고 있다. 까만 눈동자를 가진 생물들을 나는 좋아합니다. 몸을 움직일 때마다 의자에서 끼익, 하는 소리가

난다. 아침이 오면 의자를 뒤집어 나사를 조일 것이
다. 귓가에서 환청이 들린다. 누군가 어깨를 만지고
있다. 환각이라는 것을 알지만 나는 행복하다. 나는
사랑에 빠진 의자처럼 끼익, 끼익, 끼익, 끼익, 소리를
내며 밤을 날고 있다. 바깥에서 비가 내리고 있다. 투
명하지만 검게 보이는 빗줄기들. 몸을 움직일 때마다
끼익, 끼익, 끼익, 소리가 나는 밤.

문득 좋은 생각이 떠올랐다.

소설이 쓰고 싶다.

포기의
글쓰기

정지돈

2013년 《문학과사회》 신인문학상을 수상하며 등단. 소설집 『내가 싸우듯이』 『우리는 다른 사람들의 기억에서 살 것이다』 『농담을 싫어하는 사람들』, 장편 소설 『작은 겁쟁이 겁쟁이 새로운 파티』 『모든 것은 영원했다』, 중편소설 『야간 경비원의 일기』 『…스크롤!』, 산문집 『문학의 기쁨』(공저) 『영화와 시』 『당신을 위한 것이나 당신의 것은 아닌』이 있다. 문지문학상, 젊은작가상 대상, 김현문학패를 수상했다.

소설 쓰는 마음이 뭘까 생각했을 때 가장 먼저 떠오르는 건 아래 트윗이다.

참고로 이 트윗은 2만 6천 회 리트윗되고 1만 2천 회 좋아요가 눌렸다. 출판 산업과 대학원 문화의 근간인 트위터에서 이 정도 회자됐다는 건 나뿐만 아닌 다른 작가들이 여기에 깊은 공감을 표했다는 뜻이리라.

그러면 조금 궁상맞고 지질하고 위악적이고 냉소적이며 불행한 이 트윗에서 표현된 글 쓰는 마음에 대해서 알아보자.

1. 태어나서 미안하다

아버지는 나의 첫 책이 출간된 걸 축하하며 이렇게 말씀하셨다.

"그래, 고생했다. 그럼 이제 일을 해야지."

"아빠, 이게 제가 한 일의 결과잖아요."

"그치. 근데 내 말은 직업을 구하라는 거야."

"소설가가 제 직업이잖아요."

"그치. 근데 내 말은 진짜 직업을 구하라고."

2. 개졸려

작가들과 잠의 관계에는 아무래도 문제가 있다. 카프카는 편지와 일기에서 잠과 꿈에 대한 이야기를 강박적으로 반복하는 대표적인 작가다. "잠 없는 밤. 벌써 사흘째나 이어지는 중이다. 잠이 쉽게 들지만, 한 시간 후쯤, 마치 머리를 잘못된 구멍에 갖다 넣은 것처럼 잠이 깨버린다."(일기, 1911년, 10월 2일) "나는 잠들지 않을 것입니다, 단지 꿈을 꿀 것입니다."(펠리체 바우어에게 보내는 편지, 1913년 1월 22일) "잠을 잘 수가 없다. 잠을 자는 것이 아니라 꿈을 꿀 뿐이다."(일기, 1913년 7월 21일)[1]

카프카는 불면증으로 인한 고통을 지속적으로 호소했고 그 때문에 책상과 소파 사이라고 명명한 생활 리듬을 만들어냈다. 그 리듬에 따르면 그는 오전 8시부터 오후 2시까지 근무하고 3시까지 점심을 먹었으며 그 이후부터 7시 반까지 수면, 그리고 10분간 체조를 한다. 창가에서, 옷을 다 벗은 채로. 그러고는 한

---

1 프란츠 카프카, 『꿈』, 배수아 옮김, 워크룸프레스, 2014, 27~28쪽.

시간 산책을 한 후 10시 반부터 책상에 앉아 작업을 한다. 2시, 3시까지, 잘되면 6시까지. 그리고 침대에 든다. 그러나 잠은 오지 않는다. "이제부터는 잠들기 위해 가능한 모든 방법이 동원됩니다. 그 말은 곧, 불가능한 것을 실현시키려 애쓴다는 의미이기도 하지요. 사람은 어차피 잠들지 못합니다."[2]

카프카의 기록을 보면 그가 잠들지 못한 이유는 너무 자명한데(낮잠을 네 시간씩이나 자다니!) 그 자신만 그 사실을 몰랐던 것 같다. 그렇지만 카프카의 고통이 이해 가지 않는 건 아니다. 직장인이 글을 쓰려면(아무리 일찍 퇴근하는 직장이라도) 밤 시간만큼 몰입하기에 좋은 시간은 없기 때문이다. 그 결과 글을 쓰는 사람은 만성적인 졸림에 시달릴 수밖에 없다.

페르난두 페소아 역시 불면증에 관해서라면 카프카 못지않다. "잠을 잘 수만 있다면 나는 행복할 것이다. 내가 지금 그렇게 생각하는 것은, 내가 잠을 이루지 못하기 때문이다. (…) 나의 눈꺼풀은 잠을 자고 있으나, 나는 잠을 이루지 못하고 있다. 결국 그 모든 것

2 프란츠 카프카, 같은 책, 149쪽.

이 운명이다."[3] 페소아는 1931년 7월 2일의 일기를 다음 문장으로 시작한다. "우리가 잠을 설치고 나면 아무도 우리를 좋아하지 않는다."[4] 잠들지 못하는 사람, 반쯤 잠든 채로 돌아다니는 밤의 유령들, 작가 - 좀비들의 운명적 고통을 두어 페이지가량 시적으로 투덜거리는 이 일기는 다음과 같은 문장으로 끝난다. "나는 졸리다. 너무 졸리다. 모든 것이 졸리다!"[5]

3. 죽고싶음

생략.

---

3   페르난두 페소아, 『불안의 책』, 김효정 옮김, 까치, 2012, 64~65쪽.
4   페르난두 페소아, 같은 책, 65쪽.
5   페르난두 페소아, 같은 책, 67쪽.

4. 뭐처먹지

롤랑 바르트는 이렇게 쓴다. "신기한 사실: 우리는 작가와 먹거리의 관계를 잘 모릅니다." [6] 바르트는 먹기에서 중요한 건 음식물 자체가 아니라 먹는 스타일, 식단의 형태가 가진 상징적 의미라고 말한다. "거기에는 강력한 정동이 있습니다." [7]

내가 아는 작가들의 먹기는 커피와 관련된 전설적인 일화이거나(발자크와 프루스트의 커피 중독) 배가 고프면 글을 쓰지 못한다는 찰스 부코스키와 버지니아 울프의 일갈 정도다. 배고픈 작가라는 관념은 망상일 뿐 좋은 음식을 든든히 먹지 않고는 작업을 할 수 없다는 뜻이다.

그러나 메뉴를 생각하는 것만큼 번거롭고 귀찮은 일이 없다. 특히 소설 작업이 본격화된 이후에는. 그때부터는 사실상 먹기가 아니라 '처먹기', 더 나아가 '처넣기'가 된다. 살아서 글을 계속 쓰기 위한 발버둥.

---

6 롤랑 바르트, 『롤랑 바르트, 마지막 강의』, 변광배 옮김, 민음사, 2015, 374쪽.
7 롤랑 바르트, 같은 책, 376쪽.

5. 야 이 새끼들아

음. 이건 뭐…… 왜 홀로 글 작업을 하는 사람들의 마음에는 분노가 가득 차는 것일까. 이 사실을 확인하고 싶다면 지금 당장 트위터에 접속하라.

6. 다 포기해서 편해짐

어쩌면 이 글은 이 항목을 쓰기 위해 쓰기 시작한 것이라고 해야 할지도 모르겠다. 나머지 것들이 작업에서 오는 고통을 희화화하는 투덜거림에 가깝다면, '포기'는 이러한 고통 끝에 오는 낙원이자 글쓰기의 최종 유토피아이기 때문이다. 자책과 불면, 식욕 부진, 분노 끝에 작가들은 깨닫게 된다. 이것이 내 한계구나, 나는 여기까지구나, 나는 명문을 쓸 수 없고 위대한 작가가 될 수도 없구나. 하지만 바로 그때 기적처럼 글이 써지기 시작한다. 정신을 차려보면 어느새 내가 썼다고 믿을 수 없는 글이, 내가 잠든 사이에 문학의 정령이 써놓고 간 듯한 글이 눈앞에 놓여 있는

것이다. 물론 이런 일이 늘 일어나진 않지만 가끔 일
어나고 그때 우리는 알게 된다. 문학은 포기라는 사
실을, 모든 것을 시도하고 모든 것에 실패했을 때에
야 비로소 문학이 시작된다는 사실을, 내 능력 너머
에서, 내가 통제할 수 있는 영역 밖에서 문학이 온다
는 사실을 말이다.

'작가의 말'과
신발

조경란

1996년 《동아일보》 신춘문예에 「불란서 안경원」이 당선되어 작품 활동을 시작했다. 소설집 『불란서 안경원』 『나의 자줏빛 소파』 『코끼리를 찾아서』 『국자 이야기』 『풍선을 샀어』 『일요일의 철학』 『언젠가 떠내려가는 집에서』 『가정 사정』, 중편소설 『움직임』, 장편소설 『식빵 굽는 시간』 『가족의 기원』 『우리는 만난 적이 있다』 『혀』 『복어』, 짧은소설집 『후후후의 숲』, 산문집 『조경란의 악어 이야기』 『백화점—그리고 사물, 세계, 사람』 『소설가의 사물』 등이 있다. 문학동네작가상, 오늘의젊은예술가상, 현대문학상, 동인문학상을 수상했다.

다 그렇지는 않지만 소설가들은 책을 낼 때 목차의 앞이나 뒤에 '작가의 말'을 덧붙인다. 독자의 입장에서 신간을 손에 들었을 때 내가 가장 먼저 펼쳐보는 페이지도 작가의 말이다. 작가에 따라서 그 책을 펴낸 동기나 집필 기간 동안 도와준 사람들에 대한 감사, 아니면 책과 전혀 무관해 보이는 이야기를 쓰기도 하는 것 같다. 어떤 작가는 경어로, 어떤 작가는 평서문으로. 어떤 작가는 다정하게, 어떤 작가는 논리적으로. 작가의 말을 읽는 짧은 시간은 그 책을 쓴, 조금은 무장해제를 한 듯한 '작가사람'의 일부를 살짝 엿보는 기분을 느낄 수 있으며 책을 읽기 전에 필요한 작은 정보와 이해를 얻을 수도 있다. 흥미로운 페이지라고 여겨서인지 작가의 말이 없는 소설책을 들었을 때는 처음엔 고개를 갸웃거리게 된다. 이 작가는 책을 내면서 독자에게 하고 싶은 말이 한 문장도 없었을까? 하면서. 그러나 막상 책을 펼쳐 읽기 시작하면 그런 건 다 잊어버리고 이야기 속으로 풍덩 빠져버리곤 한다. 책을 다 읽고 마지막 장을 덮으면서는 작가의 말을 쓰지 않은 건 저자의 선택이라고 짐작하면서. 여기까지는 내가 독자일 때의 경우다.

첫 소설집을 출간할 때 나는 스물아홉 살이었다. 등단한 지 고작 일 년이 지났을 뿐이며 소설이 무엇인지 좋은 소설을 쓰려면 어떻게 해야 하는지, 이해도 지식도 경험도 없던 시절이었다. 생활이나 마감에 늘 쫓겨 있어서 조급했고, 내가 지금 뒷걸음을 치고 있는지 앞으로 걸어가고 있는지조차 인식하지 못했다. 지금 돌아보니 그랬다는 말이지만 실은 소설이 무엇인지 모르는데 계속 원고를 쓰고 발표해야 한다는 크나큰 두려움에 싸여 있었을 것이다. 어쨌거나 첫 소설집 출간을 앞두고 편집자에게 연락이 왔다. 작가의 말을 써달라는. 나는 고민했다. 솔직하게 쓸까 쿨하게 쓸까 관심과 눈길을 끌 수 있게 쓸까. 결국 내 첫 소설집은 작가의 말이 없는 채로 출간되었다. 솔직하게 작가의 말을 쓰고 싶었다. 아직 소설이 무엇인지 잘 모르는 초보 작가입니다, 잘 부탁드립니다, 다음 책은 더 나은 책이 될 수 있도록 보다 정진하겠습니다. 그러나 정말 그렇게 쓸 수는 없었다. 그것은 소설에 대해 잘 알지 못한다는 나의 두려움을 고스란히 내보이는 일만 같았으니까. 그 후 오랜 시간 동안 내 첫 소설집에 작가의 말이 없다는 것, 쓰지 못했다는 사실이 마음에 걸렸고 지금도 그렇다. 이제는 '작가의 말'을 쓰는 시간이 어떤 것인지 잘 아는, 그런 나이가 되었으므로.

열아홉 살 때 동생들과 쓰던 방에 나는 내 책상이 가려지도록 창문 커튼으로 둥글게 가림막을 만들어 차단시켰다. 책상에 앉아서 시와 소설을 읽거나 그림을 그리거나 밖의 소란에 마음이 산만해지면 눈과 귀를 막고 공상을 했다. 할 줄 아는 것도 없고 잘하는 것도 없고 되고 싶은 것도 못 찾았으니 어디 작고 조용한 마을에 가서 책방을 하면 좋겠다, 내가 관심을 갖고 있는 거라곤 책밖에 없으니까. 그런 상상을 하면 그 얄팍한 삶이 견딜 만해졌다. 스무 살이 되었을 때 나는 커튼으로 둘러친 책상뿐만 아니라 부엌 옆의 좁은 방을 차지하곤 다독多讀하기 시작했다. 나를 가장 여러 장소로 데리고 간 것, 가장 많은 사람을 만나게 한 것, 감동을 주고 살아감의 이치를 깨닫게 한 것은 그렇게 '책'이 되었다. 후에 알게 되었지만 노년이 된 아모스 오즈가 어렸을 적에 '사람이 아닌 책이 되고 싶었다'고 한 말을 나는 그 무렵 경험했을지 모른다. 무엇을 하든 나의 감정과 의지는 슬래시(/)처럼 책이 있는 쪽으로 기울었다. 작가가 되기로 결심한 때는 이십 대 중반이었으나 막상 작가로 살아가겠다고 선택한 것은 거의 마흔이 가까워져서였다. 작가가 되는 일과 작가로 사는 일에는 선명한 틈이 있고 그 지점을 잘 들여다보지 않으면 안 된다고 나는 생각한다. 작가로 살아가는 데 없어서도 안 되고 잃어버려서도 안 되는 게 한 가지 있다. 어떤 일이 있어도 문학을 좋아할 것. 무엇이 와도 그 마음을 훼손당하지 말 것.

나는 내 삶을 선택했다. 그러니까 소설이 있는 쪽으로.

어떤 소설을 쓸까? 어떻게 하면 좋은 소설을 쓸

수 있을까? 하는 고민은 해봤어도 나는 왜 소설을 쓰는지에 대해 생각해본 적은 그래서 그 이후엔 없다. 누군가가 나에게 배당하거나 떠맡긴 일이 아니라 이것은 나의 일이자 소명이라고 자발적으로 선택했기 때문에.

소설을 쓰는 일은 맞거나 틀리거나 하지 않는다. 옳거나 그르거나, 이기거나 지거나 하지 않는다. 뭔가 의미 있는 형태를 만들어 옆 사람과 나눌 수 있는 조용한 작업. 나는 이런 일에 나 자신을 종사從事시키고 싶었다. 누구를 만나도, 어떤 새롭고 재미있어 보이는 일에 빠졌어도 반평생을 지속적으로 좋아하고 그것을 위해 노력하고 싶고 더 알고 싶고 더 가닿고 싶은 유일한 것이 소설을 읽고 쓰는 일이 되었다. 점점 더 그렇게 되었고 지금보다 더 그런 사람이 될 수 있다면 좋겠다. 소설을 잘 쓰는 일, 좋은 소설을 쓰는 일. 이제 그런 욕망에서도 나는 멀어졌다. 같은 일을 매일 반복할 뿐이다. 생각하고 듣고 보고 읽고 쓰는 일. 다만 내가 쓰는 글이 아무에게도 가닿지 못한다면, 하는 불안만은 여전히 버릴 수 없다. 그래서 작가의 말을 쓸 때 나는 이제 진심을 다해서 쓰게 되지 않앉을까.

　지난여름에 여덟 번째 소설집을 출간했다. 그 책의 작가의 말을 쓰면서 나는 더욱 명료하게 깨닫게 되었다. 내가 왜 소설을 쓰는지. 책을 쓸 때는 혼자였지만, 책으로서의 의미가 보다 확장되려면 가장 필요한 사람이 독자이다. 책을 쓸 때는 혼자여서 외로워도 되지만 책을 출간하고 가장 필요한 사람은 소수여도 좋을 독자다. 보이지는 않지만 인간적 관계를 맺을 수 있는, 그런 관계 맺음이 나도 가능하다는 생의 위로 같은 것을.

　나는 오랫동안 좁은 방에 웅크려 있던 사람이었다. 무엇을 해야 할지, 어떻게 살아야 할지, 무엇이 돼야 할지 알지 못했고 나라는 사람을 필요로 한 타인도 없어서. 작가로서 내가 가장 관심을 두는 사람은 어딘가에 혼자 웅크리고 있는 사람들이다. 자신을 오래 응시하는 사람, 무언가 생각하고, 자신을 필요로 하는 타인이 있다면 언제든 그 웅크린 몸을 쭉 펴고 일어나 손을 내밀 수 있는 사람. 작가의 말에 나는 썼다. 어딘가에 있을 단 한 명의 독자에게 전하는 고마

움과 떨림에 대해서, 앞으로 쓸 책에 대해서, 그리고 얼마나 소설을 사랑하는지에 대해서. 사실대로, 솔직하게. 작가의 말을 끝냈을 때 긴 고백이 담긴 편지를 마쳤다는 느낌이 들었다. 누군가에게는 가닿기를 바라는. 그제야 나는 숨을 크게 들이쉬고 내쉬었다. 내가 살아 있는지 확인하려는 사람처럼.

이제 나는 신발을 신고 밖으로 나간다. 아직 쓰지 않은 작가의 말을 독자에게 전할 때까지 새롭게 펼쳐진 시간. 듣고 보고 섞이고 함께하는 순간순간들을 다시 내 안에 채워가고 싶다. 그 순간들이 모여 무엇인가 가슴에서 일렁거리기 시작한다면, 기쁠 때나 슬플 때나 나는 어려운 이의 방 앞에 선 듯 두 손을 앞으로 모으고 고개를 약간 숙인 채 잠시 실례합니다, 라는 마음으로 똑똑 소설의 문을 두드리게 될 것이다.

미지는
창조되어야 한다

천희란

2015년 《현대문학》 신인추천으로 등단. 소설집 『영의 기원』, 『우리에게 다시
사랑이』, 경장편소설 『자동 피아노』가 있다.

내게 작가란 스스로의 상투성과 씨름하는 직업이다. 소설을 쓰면 쓸수록 그 지리멸렬한 투쟁이 소설가라는 직업에 부과된 숙명이라는 생각이 든다. 세상에 새로운 이야기가 없다는 뜻은 아니다. 실제로 더 이상 새로운 이야기가 존재할 수 없다 하더라도, 모든 소설은 반드시 각자의 새로움을 가지기 마련이라는 믿음이 내게는 있다. 설령 쉽게 인지되지 않는다 하더라도 어떤 소설도 같을 수 없고, 소설에서는 그 미세하고 미약한 다름이 곧 새로움일 수 있다. 더욱이 새로움이란 좋은 소설이 갖는 수많은 미덕 중 하나에 지나지 않는 것이기도 하다. 그러나 소설을 써나가는 동안에 소설가인 나는 뻔하고, 싱겁고, 시시

한 자기 자신에 직면하는 일을 피할 도리가 없다.

어릴 적부터 뭐가 됐든 예술을 하는 사람이 되고 싶기는 했던 것 같다. 그건 내가 좀 억눌린 아이였던 탓이 크다. 나는 내 안에 있는 무엇인가를 드러내 보이고 이해받고 싶다는 인정욕구에 시달렸다. 어떤 종류의 사회에 접속하더라도 무리 없이 어울리고, 규범을 잘 따르고, 책임감이나 인내심도 강한 아이가 지속적으로 세상과 불화할 수밖에 없는 처지에 빠지면서 일어난 화학작용의 결과였다. 주어진 질서에 순응하는 온순한 성격과 혼란과 울분을 터뜨리지 못하고 누적하는 불안한 내면이 화합 없이 공존해야 했다고나 할까. 그 분열이 임계점에 다다랐을 때, 그것을 끄집어낼 표현의 도구가 간절해졌고, 아무런 경제적 자본을 필요로 하지 않는 예술이 문학이었다. 그 기저에는 긍정적으로나 부정적으로나 내가 또래의 다른 아이들과는 다른 삶을 살고 있으며, 그들보다 세상을 더 복잡하게 바라보고 있다고 생각하는 일종의 나르시시즘이 존재했던 게 분명하다. 언젠가 지나치게 자신에게 엄격한 내게 한 소설가 선배가 미량의 자뻑은

창작에 반드시 필요하다 했던 조언을 생각하면, 어쩌면 그런 착각이 내가 계속해서 소설을 쓸 수 있게 한 동력이었는지도 모른다. 물론 내가 그들보다 삶의 진실에 밝은 눈을 가진 것은 아니라 해도, 나를 둘러싼 세계와 나의 관계에 예민하게 반응하고 강박적으로 생각하기를 좋아했던 것만은 사실이다. 내 착각과 허영은 얼마만큼은 내가 작가로서 가지고 있는 정서적이며 지적인 자원들이기도 했던 셈이다.

그러나 또한 인생의 유별난 질곡이나 그것을 통해 얻게 된 독특한 통찰 따위는 그 자체로 소설이 될 수 없다는 사실이야말로 내가 본격적으로 소설 쓰기를 시작하며 가장 먼저 맞닥뜨린 벽이었다. 내가 그토록 원했던 것이 내 삶의 이면에 대한 타인의 이해라면, 차라리 살아온 날들에 대해 울며불며 떠들어대는 편이 나았다. 그제야 내 바람이 단순히 이해의 차원에 머무르지 않는다는 걸 알았다. 누군가 나를 연민하거나 대견하게 여기기를 원한 것은 아니라는 걸. 나를 감각적이며 정신적으로 압도하는 삶의 중력을 설득하고자 하지 않았다면, 소설이라는 '형식'은 필요하지 않았으리라는 걸. 이후로 나는 소설을 쓰는 내내 소설에 담길 이야기나 의미만큼이나 형식을 탐구하는 데 많은 시간을 할애했다. 적절한 형식이 없다면 이야기는 구구절절 늘어놓는 한 사람의 속사정과 다를 바 없었다. 의도적으로 전통적인 서사의 규칙을 깨뜨리거나 산문적인 서술을 거부하기도 하는 것처럼 때로는 나름의 파격을 시도하고 실패하면서 내가 가진 이야기에 필요한 형식을 모색하고, 그 형식적 시도들의 필연성을 스스로 설득하기 위한 내적 논리를 세워나가는 일은 한 편의 소설을 끝까지 써내는 일 이상의 의미였다.

재미있는 건 기술적인 차원에서 소설의 형식을 능숙하게 다룰 수 있게 된 다음에야 형식이란 애당초 내용과 분리되어 있지 않았음을 깨달았다는 사실이다. 내용과 형식의 일치가 자동적으로 이루어지는 건 아니다. 다만 내가 살아오면서 구성해온 사고의 체계는 내용만 아니라 그것을 표현하는 형식마저도 지배한다는 게 중요하다. 그건 제아무리 도전적인 형식도 끝내 내 사고 체계를 벗어날 수 없는 한계에 처해 있다는 의미이고, 역으로는 형식을 구조화하는 논리가 견고해질수록 사고 체계가 오직 그것을 강화하는 방식으로만 유지된다는 의미이기도 하다. 그렇게 만들어진 소설의 질서는 독창성과는 무관하게, 정체된 질서가 된다. 정체된 질서가 반복될 때 메시지는 효과적으로 전달될 수 있지만, 실감은 축소된다. 이는 소설의 정체이기도 하고, 삶의 정체이기도 하다.

소설의 형식을 장악하면 할수록 내 삶과 사유가 경직된다고 느끼는 정체감은 독자를 설득할 수 있는 문법을 보다 능숙하게 다룰 수 있게 되었다는 기쁨을 훨씬 초과한다. 거기에서는 눈이 부시게 선명하지만 너무나 복잡하고 미묘해서 논리적인 언어로는 감히 포획할 수 없었던 삶의 구체성이 휘발되어 버리기 때문이다. 물론 그 사실을 알게 된다고 해서 평생 굳어진 내 사고 체계가 돌연 새로운 회로를 갖게 되는 것은 아니다. 하지만 적어도 형식이 규범화된 삶의 질서에 균열을 가져올 수 있다는 걸 알게 된다.

그 정체감에서 벗어나기 위해서, 결국에는 계속

쓰기 위해, 나는 자주 내가 완성한 것을 일그러뜨린다. 내가 완성한 것을 면밀히 들여다보고, 그것이 내 의도나 관점에 충분히 부합한다고 느낄 때, 나는 달아나기 시작한다. 플롯과 문단을 조각내 다시 조립하고, 이미 도달한 완전한 결말을 삭제하거나 그보다 더 많이 나아가고, 반드시 주어져야 할 것 같았던 사건을 누락시키고, 섬세하게 가공했던 묘사들을 관념적인 진술로 변환하고, 처음 이야기하려던 것과는 완전히 무관한 서사를 다시 쓰기도 하면서. 때로는 내가 창조했음에도 도무지 설명할 수 없는 서사의 공백을 의도적으로 초래한 뒤에야 비로소 한 편의 소설로서 해야 할 일을 완수했다는 안도감이 찾아드는 것이다. 그러나 다시, 아이러니하게도 그렇게 자신의 상투성을 깨뜨리는 데 도달하기 위해서는, 매번 그 상투성의 실체를 직시하지 않으면 안 된다.

내가 소설을 쓰고 있을 때, 작업실 창문에는 소설의 사건이나 장면을 잘게 쪼개 적어놓은 포스트잇이 가득 붙어 있다. 탈고 직전까지 그 조각들을 가지런히 정렬했다가 마구잡이로 뒤섞고 떼어내고 덧붙이는 동안에, 나는 내가 쓰고 있는 이야기에서 최대한 멀리 달아나보려 애쓰게 된다. 내 최초의 의도를 온전히 이해하고, 이해 바깥의 세계를 들여와 파열시키고, 그 파열된 틈을 메꾸고, 원하지 않았던 불순물이 소설을 오염시키는 과정을 겪어내는 것이다.

나는 줄곧 작가라면 언제나 겸허하게 미지를 승인할 줄 알아야 한다고 믿어왔다. 그 믿음은 여전하지만, 한편으로 미지 또한 창조될 수 있다는 것을 알아가는 중이기도 하다. 적극적으로 미지를 상상할 때, 비로소 지금과는 다른 이해의 건너편으로 이동할 수 있기 때문이다. 그런 의미에서라면 소설에서 미지란 단지 창조될 수 있는 것이 아니라, 반드시 창조되어야만 하는 게 아닐까. 이런 생각들로 소설을 쓰는 일은 날이 갈수록 막막해지지만, 바로 그 막막함을 견디기 위해 이런 막막한 생각들을 참으로 오래 하고 있다.

어느 소설가의 하루,
혹은
아포리즘을 위하여

최수철

ⓒ반디앤루니스

1981년 《조선일보》 신춘문예로 등단. 소설집 『공중누각』 『화두, 기록, 화석』 『내 정신의 그믐』 『몽타주』 『갓길에서의 짧은 잠』 『포로들의 춤』 『사랑의 다섯 가지 알레고리』, 장편소설 『고래 뱃속에서』 『어느 무정부주의자의 사랑』(4부작) 『벽화 그리는 남자』 『불멸과 소멸』 『매미』 『페스트』 『침대』 『사랑은 게으름을 경멸한다』 『독의 꽃』 등이 있다. 윤동주문학상, 이상문학상, 김유정문학상, 김준성 문학상, 동인문학상을 수상했다.

어느 날, 소설가는 아침 일찍 일어나 글을 쓰기 위해 책상 앞에 앉았다. 요즘 그는 무엇보다도 아포리즘에 관심이 깊다. 가능하다면 아포리즘에 바탕을 둔 소설을 쓰려는 계획도 가지고 있다. 그러나 시간이 꽤 지나도 생각이 잘 떠오르지 않는다. 그는 다소 자조적인 심정이 되어 이렇게 쓴다. "내게 글 외의 모든 것, 말과 행동, 심지어 생각도 거짓말이다." 그렇게 쓰고서 다시 읽어보니 도둑이 제 발 저리듯 가슴이 약간 뜨끔했지만, 내친김에 한발 더 나아간다. "자기를 경멸할 줄 모르는 사람이야말로 가장 경멸받아야 할 사람이다." 아니, 아니야. 그는 고개를 젓는다. 아침부터 스스로 자기 경멸의 대가가 될 필요는 없는 일이다. 문득 그는 어제 피부과에 진료를 받으러 갔다가 대기실에서 보았던 두 중년 여인의 모습을 떠올리며 이렇게 써본다. "옆자리에서 끊임없이 개에 관해 이야기를 나누고 있는 두 여자, 그런데 어느 순간부터 내게는 그 광경이 두 마리 개가 나란히 앉아 인간들에 대해 수다를 떨고 있는 것처럼 보이기 시작했다." 그는 일부러 소리 내어 웃어본다. 그런데 그 웃음소리가 그를 행복하게 한다. 그는 자신의 웃음소리가 자기를 행복하게 하리라고는 한 번도 생각해본 적이 없었다. "이 세상에는 오직 자기 웃음소리를 들을 때만 행복감을 느끼는 사람들이 있다. 그런가 하면 자신의 입에서만 악취를 느끼는 사람들도 있다." 그러나 여전히 시답지 않다. '시답지 않다'라는 말이 그로 하여금 시에 대해 생각하게 한다. 그때 그의 눈에 모니터 옆에 놓여 있는 모래시계가 눈에 들어온다. "모래 대신 눈물로 채워진 시계, 눈물 시계, 우리 존재는 그 눈물 시계와 같은 것이어서, 눈물이 다 떨어지면 우리 존재의 시간도 멈춘다." 그런데 너무 시적이지 않은가. 하기야 한때 그는 시인이 되기 위해 수백 편의 시를 쓴 적이 있었다. 그러나 여전히 그는 좋은 시가 무엇인지 알지 못한다. 시를 생각하면 늘 한숨이 나오는 것도 그래서다. "시와 한숨의 차이는 무엇일까." 어쩌면 아포리즘을 통해 시의 정수에 도달할 수 있지 않을까. 그는 시적으로 생각을 가다듬는다. "영혼은 육체라는 실패에 감겨 있는 실이다." 계속해서 그는 실패와 실과 바느질과 글쓰기, 그리고 실패하는 글쓰기에 대해 써보려 하지만, 그만 실패하고 만다.

지금 소설가가 쓰려는 글의 주제는 사랑이다. 그는 한동안 생각에 잠겼다가 이렇게 쓴다. "내가 나병에 걸려도 나를 껴안을 수 있겠어? 내 손가락이 모두 잘려나가도 내게 반지를 선물하겠어? 내 두 다리가 잘려도 나와 날마다 산책을 나가겠어? 내 두 눈이 멀어도 나와 여행을 하겠어? 내 두 귀가 먹어도 내게 사랑을 속삭이겠어? 내 혀가 잘려도 나와 키스를 하겠어? 내 심장이 멈춰도 내 가슴에 귀를 대겠어?" 이런, 너무 감상적이다. 너무 감상적이어서 시답지 않다. 그는 눈을 껌벅거리며 조금은 위악적으로 한 바람둥이 남자의 이야기를 머리에 떠올려본다. "그는 늘 애인이 두 명 필요했다. 사람들이 비난하면 그는 이렇게 변명했다. 카메라의 삼각대나 이젤의 받침대를 보

라. 넘어지지 않고 균형을 잡으려면 다리가 세 개는 필요하지 않은가." 방금 쓴 '변명'이라는 단어가 문장 하나를 떠올리게 한다. "소설가란 스스로 자신을 실험용 쥐로 만들어서 써먹으려는 존재다." 그러나 얼른 이렇게 고쳐본다. "소설가란 언제든 수많은 실험용 쥐로 분열할 수 있는 존재다."

하지만 그렇게 쓰고 나니, 기분이 다소 무거워진다. 사랑에 대한 글이 이번에도 과도한 자의식의 심연 속으로 가라앉고 있는 것이다. "무지개를 보면 우울증에 걸리는 사람이 있다." 문득 어젯밤의 꿈이 생각난다. 꿈속에서도 글을 쓰고 있었는데, 어느 순간 자판 위에 놓인 그의 열 손가락이 열 마리의 흉측한 타란툴라처럼 보였다. 그 털북숭이 거미들이 그의 마음속 어두운 심층의 표상으로 보였다. "그의 글, 타란툴라의 춤." 그런데 그는 늘 궁금해하지 않을 수 없는 게 있었다. 우리는 누구나 꿈을 꿀 때 꿈속에 함몰되는데, 어떻게 아침에 그 꿈을 기억할 수 있는 것일까. 그런가 하면 어떤 꿈은 영영 기억하지 못하게 되지 않는가. "그렇다면 우리 안에는 꿈을 조절하는 어떤 존재가 있는 게 아닐까. 그가 어느 부분을 기억에 남기고 어느 부분을 망각 속으로 밀어 넣을지 결정하는 게 아닐까." 그는 선신일까 악마일까. 혹시 그는 우리를 위하는 척하면서, 실상은 우리가 모든 꿈을 기억할 때 신만큼이나 강력해질 것을 두려워해서 미리 손을 쓰는 건 아닐까. 우리에겐 우리의 모든 꿈을 기억할 권리가 있지 않은가. 하지만 그의 생각은 거기에서 멈춰버리고 더 나아가지 못했다. 그때 "흙 속에 반쯤 묻힌 문", "물 위에 떠 있는 창문"의 이미지가 눈앞에서 어른거린다. 더는 마땅히 쓸거리가 없을 때 찾아오는 이미지들이다. 이제 그는 아침 작업을 멈춰야할 때가 되었음을 느낀다. 시계를 보니 이미 정오가 멀지 않았다. 그래도 그는 좀 더 버텨본다. "사랑은 일종의 표면장력이다." 밑도 끝도 없이 떠오른 생각을 글로 옮겨보았는데, 자신의 손으로 써놓고도 의미가 모호하기만 하다. 그래도 왠지 그럴듯해 보여서 평소보다 일찍 일어나 일을 시작한 데 대해 은근히 보람을 느낀다. 기온이 올라가면서 몸에 땀이 배기 시작한다. 사실, 그는 땀에 대해 특이한 강박을 지니고 있다. "그는 자신의 머릿속 생각이 땀으로 배설된다고 느끼고 있다. 그래서 어떤 생각을 품는지에 따라 땀의 냄새와 색깔도 달라지는 것이다." 그런데 다행히 이번에 배설되는 생각은 그리 나쁘지 않다. 그는 얼른 그 생각을 글로 옮긴다. "모든 여자에게 모든 남자는, 그리고 모든 남자에게 모든 여자는 새로운 삶의 이정표다. 살아가는 동안 그 이정표들이 국도변에 붙어 있는 번호판들처럼 휙휙 뒤로 스쳐 지나간다. 그것들을 잘 살피려면 유턴과 우회가 필수적이다." 그러나 막상 쓰고 보니 어딘가 미진하다. 하지만 이 정도면 다음 작업을 위한 준비를 마친 셈이라는 생각이 든다. 이제 그만 컴퓨터를 끄고 자리에서 일어난다. 그때 미처 떨치지 못한 일말의 미련처럼, 아주 잠깐 아찔한 현기증이 찾아든다. 하지만 곧 그는 균형을 잡고서 당당하게 어깨를 펴고 방을 나섰다.

농담

2016년 《문화일보》 신춘문예에 단편소설 「전에도 봐 놓고 그래」가 당선되어 작품 활동을 시작했다. 제9회 젊은작가상을 수상했다. 소설집으로 『말 좀 끊지 말아 줄래?』가 있다.

소설 아카데미에 가게 된 건 우연이었다. 그게 뭐냐고 묻는 내게 친구는 독서 모임이라고 생각하면 된다고 했다. 습작 소설을 읽은 다음 느낀 점을 말하면 그걸로 끝이라고 했다. 소설은 쓰지 않아도 되니 부담 없이 가자고 했다. 멀리 떨어져 사는 절친한 친구와 자주 만날 기회였다. 그러니까 술잔을 기울이며 오랜 대화를 나눌 수 있다는 뜻이었다. 게다가 아카데미는 내가 사는 동네에서 걸어가도 될 만큼 가까웠다.

어리둥절한 채로 첫 번째 시간을 보내고 두 번째 시간을 앞둔 전날 밤 나는 수강생의 소설을 꺼내 들었다. 그리고 첫 번째 단락을 읽었을 때 심장이 너무 빨리 뛰어 숨이 멎는 줄 알았다. 얼마나 놀랐던지 살아 돌아온 죽은 사람을 보듯 온몸이 부들부들 떨려왔다. 그가 등장하기도 전에 나는 그의 이야기라는 것을 단번에 알았다. 어째서 그런 확신이 들었는지 알 수 없지만 그였다. 소설 속에서 그는 또 다른 사람들과 또 다른 곳에 살고 있었다. 그리고 소설을 벗어나 내게 건너오면서는 하나였던 그가 그들 셋으로 분화하는 거였다. 말이 되나? 헤어진 지 십수 년이 지난 어느 날, 알지도 못하는 사람이 쓴 글을 우연히 보게 되었고, 거기에 그들이 있었다.

살아서는 농담 한마디 하지 않던 사람들이 죽은 후에 내게 농담을 걸어오는 것 같았다. 그러더니 그날 밤, 그들이 왔다. 죽은 자들이 살아 돌아와 내 머리맡에서 나를 내려다보며 키득키득 웃고 있었다. 나는 침대에 누워서도 잠들지 못한 채 어둠 속에 분명히 드러나는 그들 셋의 실루엣을 바라봤다. 그들은 서로 눈을 맞추는가 싶더니 어깨를 작게 들썩거리며 킥킥 웃었다. 그러고는 내가 어떻게 하는지 보려고 시선을 돌려 나를 빤히 내려다보는 거였다. 내 얼굴 가까이에 그들의 얼굴이 다가왔다.

장난이 심하잖아요? 내가 말했다.

보고 싶었어. 그들 중 하나가 말했다.

여기저기 다니는 중이야. 그들 중 다른 하나가 말했다.

너를 이용하려고. 그들 중 또 다른 하나가 말했다.

나는 밤새 그들의 얼굴을 응시하며 아침이 되기를 기다렸다. 그러는 동안 그들도 사라지지 않고 내 머리맡에 서서 저들끼리 숙덕거리다가 나를 내려다보고는 다시 킥킥 웃었다.

죽어서도 떠도는 건가, 그들은 늘 떠돌았다. 각자 떠돌다가 각각 국립공원의 한 산장으로 모여들었다. 셋은 산장에서 주인 부부의 일을 도왔고, 산중의 무료한 시간을 견디는 부부의 아이들과도 놀아줬다. 그리고 그 대가로 산장 2층의 냉방에서 지낼 수 있었다. 하나는 키가 크고 호리호리했고, 하나는 키가 작고 동글동글했다. 남은 하나는 턱수염을 길게 길러 고무줄로 묶었다. 그들과 처음 만난 날 호리호리한 사람은 학생 구두를 신고 겨울 산을 오르겠다는 나를 쳐다보더니 눈길에 미끄러지지 않도록 신발에 노끈을 둘둘 말아줬다. 노끈이라니, 나는 어이가 없었지만 별다른 수도 없는 데다 한편으로는 재미있기도 해서 그냥 가만히 있었다. 동글동글한 사람은 대책 없이 산에 들어온 내게 컵라면을 끓여줬다. 턱수염을 길게 길러 고무줄로 묶은 사람은 독심술을 할 줄 안다고 떠벌리더니 심중에 슬픔이 들어 있는 게 보인다고 내게 말했다. 당시의 나를 봤다면 그런 것은 지나가던 개도 알아차릴 수 있을 거였지만 그때 나는 그 말을 곧이곧대로 믿었다. 마음을 들키는 게 두려워 턱수염의 시선을 피해 다녔다. 그 후로도 나는 틈만 나면 그곳으로 갔다. 산에는 나와 같은 사람이 많았다. 거기서 학생의 이야기도 들었고, 청년의 이야기도 들었다. 히말라야를 등반한 이야기, 스님의 토굴 생활 이야기와 절에서 자랐다는 고아의 이야기도 들었다. 정신 나간 이야기, 덜떨어진 이야기, 가슴 아픈 이야기, 이야기는 끝도 없이 이어졌다. 그들과 함께 막걸리를 마시고 파전을 먹었다. 노래를 부르며 산길을 걸었다. 계곡에 가면 넓적한 돌을 주워 괜히 팔뚝을 밀고, 머리를 감았다. 계곡 기도터에도 들러 바위 위에 올려져 있는 곶감이나 과일, 사탕 따위의 제사 음식을 가지고 산장으로 돌아와 나눠 먹었다. 하는 일 없이 어슬렁어슬렁 돌아다니다가 며칠이 지나면 각각 그곳을 떠났다. 그러고는 다시 돌아왔다. 나도 그랬다. 그러면서 그들과 친해졌고, 나중에는 그들을 따라다녔다. 산에 가면 마음이 편안했다. 고민하던 것도 그냥 사라졌다. 가족들은 나를 데리러 산에 들어와서는 기어이 나와 함께 집으로 돌아갔다. 그러면서 왜 거지들과 어울리느냐고 물었다. 나는 그들은 거지가 아니라고 기어들어 가는 소리로 말했지만 속으로는 그 말을 부정할 수 없어서 슬펐다.

그렇게 몇 년이 흘렀을까, 그들이 죽었다. 하나는 목을 맸고, 하나는 자는 중에 심장이 멈췄다. 산장은 불에 탔다. 그 후로 나는 그곳에 가지 않았다. 얼마의 시간이 더 흐른 뒤 나머지 하나마저 죽었다는 소식을 들었다. 옥상에서 뛰어내렸다고 했다. 나는 그의 장례식에도 가지 않았다. 그들은 서른이 채 되지 않았거나 갓 넘긴 채로 그렇게 생을 마감했다. 그리고 오랜 시간이 지나 문장 속에서 되살아난 거였다. 그들을 불러낸 사람이 누군지 알아야 했다. 그들은 내가 알고자 하는 사람이 누구인지 이미 알고 있다는 듯 나갈 채비를 하는 내 뒤에 붙어 키득키득 웃었다.

나는 아침 일찍 아카데미에 도착해 사람들이 한

눈에 들어오는 자리에 앉았다가 수업이 끝나고 점심시간이 되어서는 소설을 쓴 여자 옆에 앉았다. 그러고는 여자와 함께 자리를 옮겨 낮술을 마시러 갔다.

혹시 호리호리한 사람을 알고 있습니까? 내가 물었다.

아뇨! 모르는데요. 여자가 당황한 듯 신경질적인 어투로 대꾸하고는 고개를 푹 숙인 채 젓가락을 만지작거렸다.

아, 아는구나. 나는 생각했다. 그래서 조용히 기다렸다. 한참 뒤 떨리는 목소리로 여자가 물었다.

누구세요?

나는 일부러 별일 아니라는 듯 담담한 어조로 내 이야기를 들려줬다. 여자는 전날 밤 내가 그랬던 것처럼 어쩔 줄 모르는 것 같았다. 심경이 복잡해 보였다. 나는 다시 여자의 말이 이어지기를 기다렸다. 몇 시간이 지나자 여자가 입을 열었다. 그 말을 들으며 산장에 불이 난 후 그가 거처를 옮겼다는 것을 알 수 있었다. 여자는 새로운 거처에서 알게 된 사람이었다. 시간도 공간도 달랐지만 그러니까 나와 같은 사람들, 그중 하나였다. 그의 뼛가루를 계곡에 뿌렸다고 했다. 자기는 처음 가본 곳인데 그곳을 아느냐고 물었다. 나는 무당의 기도터에서 우리가 함께 먹었던 제사 음식을 떠올리며 고개를 끄덕였다. 여자는 공교롭게도 이번 주말이 그의 기일인데 같이 가보지 않겠느냐고 물었다. 나는 눈물을 참으며 고개를 저었다. 우리는 파전을 앞에 두고 말없이 막걸리를 마셨다. 그렇게 새벽까지 함께 있었다. 나는 그 시간이 슬픈 농담처럼 느껴졌다. 오랜 시간이 지나 내게 도착한 농담, 뒤늦게 받은 그들의 부고 같았다.

그들은 어느 세계에서는 죽었지만 다른 세계에서는 살아 있었다. 그 후로 그들은 책장 위에도, 침대 옆에도, 책상 위에도, 벽면에도, 어디든 나타났다. 셋이 몰려다니며 나를 보고 씨익 웃는 거였다. 나는 점점 생각지도 않은 곳으로 이끌려가는 듯한 느낌에 정신이 아득해졌다. 동시에 내가 믿고 있는 것들과 나를 둘러싼 세계가, 내가 맺고 있는 관계가 모두 무너지는 몇 번의 다른 경험이 이어졌다. 그때 나는 이전의 나로 돌아갈 수 없다는 것을 알았다. 그렇게 소설이 시작됐다.

그들은 내게서 몇 번이나 부활했다. 노숙자로, 실패자로, 고장 난 사람으로, 모자란 사람으로 모습을 바꾸었다. 그들은 내가 알고 있는 다른 사람이 되었다가 내가 알지 못하는 사람들로 변신을 거듭했다. 다른 사람에게 건너가 다른 얼굴이 되었다가 다시 그들을 벗어나 또 다른 사람의 얼굴로 변화했다. 급기야는 그들이 있던 자리에 문장만 남겨두고 어디론가 사라져버리는 거였다.

최근에 나는 또다시 그들에 대해 썼다. 물론 소설 속 인물이 그들이라고 할 수는 없었지만 그들이 아니라고 할 수도 없었다. 그들에 대해 쓰는 동안 나는 내가 어디에 있는 건지 알 수 없어 정신이 혼미했다. 잠에서 깨어나서는 특히 그랬다. 여기가 어디인지 한참을 생각해야 했다. 정말이지 그들과 함께 노숙 생활을 하는 기분이었다. 늘 몽롱한 상태로 있어서 그런가, 어느 순간 내가 있는 세계와 그들이 존재하는 세계가 하나로 겹쳐지더니 시간도 공간도 경계도 모두 사라지는 기분이 들었고, 그런 후에는 그들도, 나도, 모두 없어지는 것 같았다. 그 모든 게 조각조각 나뉘어 어디론가 흩어지고, 흩어진 모든 게 무한히 확장

되고 증식하는 것 같았다. 그렇게 문장으로 남았다가 나중에는 그조차 해체되고 분해되더니 마침내는 문장마저 벗어나는 거였다.

입구도

문도 자물쇠도

비밀번호도 없는 시작

최진영

2006년 《실천문학》으로 등단. 소설집 『팽이』『겨울방학』
『일주일』, 장편소설 『당신 옆을 스쳐간 그 소녀의 이름은』
『끝나지 않는 노래』『나는 왜 죽지 않았는가』『해가 지는
곳으로』『이제야 언니에게』『내가 되는 꿈』, 경장편소설
『구의 증명』, 짧은 소설 『비상문』을 썼다. 한겨레문학상,
신동엽문학상, 만해문학상, 백신애문학상을 수상했다.

많은 작가가 공통적으로 하는 이런저런 말 중에 다음과 같은 말이 있다.

'지금까지 많은 소설을 써왔지만 새로운 소설을 시작할 때면 그동안 소설을 한 번도 써보지 않은 사람처럼 막막합니다.'

나는 고개를 끄덕이며 속으로 힘차게 외친다. 저도요! 저도 그래요! 소설을 여러 편 썼더라도 지금 내가 쓰려고 하는 이 소설, 좀처럼 시작하지 못하고 있는 이 소설은 나에게 완전한 처음이다. 처음은 설레지만 어렵고 두렵기도 하다.

새 장편소설을 써야겠다고 마음먹은 시기는 지난

겨울. 틈틈이 적어놓은 메모를 살펴보면 소설의 구상은 지난가을부터 시작되었다. 그사이 단편소설과 에세이 마감, 강연 등 다른 작업을 하느라 장편소설에만 집중하긴 힘들었지만 나는 매일 아침마다 생각했다. 장편을 시작해야 하는데. 지난봄까지는 '써야 한다'는 당위나 책임감의 비중이 컸는데 여름을 지나면서 '쓰고 싶다'는 소망이 더 커져버렸다. 쓰고 싶다. 나는 정말 시작하고 싶다. 아직은 내 머릿속에만 존재할 뿐 글자로 나타나지 않은 그 세계에 어서 입장하고 싶다.

하지만 오늘도 입장하지 못했다. 다양한 이유와 핑계가 있지만 그중 가장 솔직한 것은, 입구를 모른다는 것. 문도 길도 찾을 수가 없다. 쓰고 싶은 이야기는 넘치도록 가득 차 있지만 그 이야기를 어디서부터 어떻게 시작해야 좋을지 모르겠다. 이렇게 비유할 수도 있겠다. 만들고 싶은 요리가 있다. 나는 그것의 다양한 맛을 안다. 온도와 색감도 안다. 그것을 어떻게 데커레이션할 것인지, 어떤 그릇에 담을 것인지, 함께 마실 음료와 어떤 도구로 먹을지도 모두 상상해

두었다. 필요한 식재료와 조리 기구도 준비해두었다. 만들다가 생각지도 못했던 재료가 필요한 상황이 오더라도 당황할 필요 없다. 집 근처 마트에 금방 다녀오면 되니까. 가스 불은 켜지는가? 확인. 수돗물은 나오는가? 확인. 손은 깨끗이 씻었는가? 확인. 조리에 필요한 도구는 제자리에 있는가? 확인. 자, 그렇다면 이제 만들자, 내가 상상한 그 요리를 어서 만들어보자 중얼거리며 준비한 것을 꼼꼼히 둘러보고 요리 과정과 완성작을 상상하다 보니 어느새 밤. 오늘은 너무 늦었으니 내일은 제대로 해보자 생각하며 재료를 냉장고에 넣고 주방을 정리한다. 그리고 다시 오늘. 나는 어제의 일을 미련스럽게 처음부터 시작한다. 어제를 그대로 반복하면서 때로는 새로운 재료를 더한다. 그렇게 겨울이 가고 꽃이 피고 장마가 지나갔다. 여름의 한가운데 섰다.

나는 어째서 시작하지 못하는가. 실패하기 싫어서겠지. 알고 있다. 재료는 재료뿐이란 걸. 불과 물에 닿은 재료의 맛은 변할 수밖에 없다는 걸. 단 1분, 단 1그램의 차이로 맛이 달라질 수도 있다는 걸. 나는 절대 내가 상상한 그 요리를 똑같이 만들어낼 수 없을 것이다. 글을 쓰다 보면 차차 깨닫게 된다. 나의 상상이 얼마나 빈틈이 많고 빈약하고 흐리멍덩했는지. 그렇기에 글을 쓰면서 계속 시도한다. 다른 방향으로 가볼까. 다른 시선으로 바라볼까. 역할을 뒤집어볼까. 이 부분에서 인물이 꼭 이렇게 행동해야만 하는가. 삭제하고 수정하고 새로 쓰길 반복한다. 소설은 처음의 상상과 다르게 흘러간다. 상상에 없던 것이 등장한다는 뜻이다. 인물과 사건에 깊이 빠져들수록 나도 모르던 나의 진심이 드러난다. 평소에는 생각해본 적도 없던 문장이 나타나고 그 문장을 꼭 지키고 싶어서 원고를 처음부터 다시 뜯어 고쳐보기도 한다. 그런 과정을 반복하며 끝맺은 소설은 내가 예상했던 것과 꽤 다르다. 이것은 실패인가? 성공이라고 자부할 수도 실패라고 단정할 수도 없다. 아리송한 마음으로 원고를 가만히 들여다본다. 내가 썼으나 내가 쓴 것 같지 않은 글. 쓰는 과정에서 누구보다 먼저 나를 설득시켜야 했던 문장들.

입구는 없다. 문은 없다. 문지기도 자물쇠도 비밀

번호도 없다. 길도 없다. 위아래도 좌우도 없다. 내 머릿속에서 그 세계는 법칙도 규칙도 논리도 없이 유동하고 뒤섞이며 엉망진창으로 열려 있다. 무서울 정도로 자유롭다. 어디서부터 어떻게 시작하면 좋을까요? 누군가가 묻는다면 나는 아마 이렇게 대답하겠지. 일단 시작하면 질문이 달라질 겁니다.

인정과 단념. 나는 내가 쓴 문장을 끝까지 의심하면서도 수정을 멈춰야 한다. 제대로 표현하지 못했음을 받아들여야 한다. 미완성을 알면서도 마침표를 찍어야 한다. 비스듬히 어긋나게 바라볼 수밖에 없음을 인정해야 한다. 이해할 수 없는 것을 이해하기 위해 글을 쓰고, 이해할 수 없는 것은 이해할 수 없다는 다소 허무한 결론에 다다르더라도 마무리를 지어야 한다. 그렇게 한 편의 글을 쓴 뒤 나는 조금 다른 사람이 된다. 나란 인간을 유심히 들여다보고 타인의 삶을 상상해보고 어떤 상황을 구체적으로 그려본 나는 그것을 하기 이전과 미세하게 다르다. 소설 쓰기와 소설 읽기는 나를 조금씩 다른 사람으로 만든다.

소설가가 된 뒤 가장 많이 받은 질문은 아마도 '소설을 쓰게 된 계기'일 것이다. 소설을 쓰기 시작했던 이십 대 때는 내가 왜 소설을 쓰는지, 어째서 소설을 읽는지 진지하게 생각해보지 않았다. 좋아하니까, 쓰고 싶으니까, 읽고 싶으니까. 그것 아닌 이유는 필요 없었다. 그러나 나는 계속 질문을 받았다. 당신은 어쩌다가 소설을 쓰게 되었습니까. 당신은 왜 소설을 씁니까. 소설은 당신에게 어떤 삶을 주었습니까. 그 사이 나에게도 조금은 다른 답이 생겼다. 좋아하니까 합니다, 란 대답만으로는 스스로 부족하다고 느꼈기에. 이제는 그 이상의 동력이 필요하다. 좋아하는 마음은 변함없으나 좋아하는 만큼 잘 쓰고 싶고, 잘 쓰고 싶다는 욕망은 나를 힘들게 한다. 힘들면 그만두고 싶다. 실패는 두려우니까. 그러니 다른 대답이 필요하다. 이를테면 다음과 같은 것들. 소설은 나를 변화시킵니다. 소설은 나를 삶의 방향으로 끌어당깁니다. 소설은 나를 형편없음의 늪에서 건져냅니다. 소설을 쓰고 읽으면서 나는 다른 삶을 꿈꿀 수 있습니다. 계속하여, 꿈을 꿀 수 있습니다. 세상에는 훌륭한 소설이 너무나 많습니다. 어쩌면 나는 그중에 1퍼센

트도 읽지 못하고 죽을 거예요. 이제는 그 사실이 전혀 슬프지 않습니다. 나는 오늘 읽을 수 있는 소설을 읽고 오늘 쓸 수 있는 글을 씁니다. 나는 소설을 좋아하는 나를 좋아합니다.

소설을 좋아하는 마음만으로 살아가다 어느 날 문득 소설을 쓰기 시작했듯, 어느 날 갑자기 어떤 글도 쓰지 못하는 때가 올 것이다. 아무리 노력해도 글과 완전히 멀어져 헤어질 수밖에 없을 때가. 조금씩 각오하고 있다. 만약 십 년 뒤에도 내가 글을 쓰고 있다면, 첫 문장을 고민하며 서너 계절을 통째로 날려버리는 사람으로 존재한다면, 그때에도 누군가가 당신은 어째서 소설을 쓰느냐고 묻는다면,

웃을 수 있다면 좋겠다. 마음을 설명하려고 애쓰는 삶을 충분히 살아서 더는 그럴 필요 없는 사람이길. 그럼에도 여전히, 나에겐 소설이 필요합니다, 라고 분명히 말하는 사람이 되고 싶어서 오늘도 나는 이렇게.

2014년
다이어리의
마지막 페이지

하성란

©이은규

1996년《서울신문》신춘문예에 단편소설 「풀」이 당선되어 작품 활동을 시작했다. 소설집 『루빈의 술잔』『옆집 여자』『푸른 수염의 첫번째 아내』『웨하스』『여름의 맛』, 장편소설 『식사의 즐거움』『삿뽀로 여인숙』『내 영화의 주인공』『A』, 사진산문집 『소망, 그 아름다운 힘』(최민식 공저)과 산문집 『왈왈』『아직 설레는 일은 많다』 등이 있다. 동인문학상, 한국일보문학상, 이수문학상, 오영수문학상, 현대문학상, 황순원문학상을 수상했다.

2014년 12월 28일, 석 달 머문 말라가를 떠나 커다란 트렁크 두 개를 끌고 마드리드에 도착했다. 사흘 뒤 인천공항으로 출발할 예정이었고 이틀 동안 그곳에서 머물면서 미술관들을 돌아볼 생각이었다. 마드리드 기차역 앞으로 택시들이 길게 늘어서 있었다. 택시 밖에 나와 서서 담소를 나누고 있던 택시 운전사들 중 젊은 남자가 손님을 알아보고 인사를 하듯 한 손을 가볍게 들었다. 그는 내가 뭐라고 말할 새도 주지 않고 자신의 택시 짐칸에 재빨리 내 트렁크를 실었다.

예약해놓은 숙소 이름이 적힌 쪽지를 보여주자 택시는 곧 출발했다. 숙소는 공항 근처였다. 기차역

과 공항은 어느 정도 거리가 있어 빨리 도착하지 못
하리라는 것쯤은 짐작하고 있었다. 택시 뒷좌석에 앉
자 몸이 조금 노곤해졌다. 이제 곧 따뜻한 숙소에 들
어가 쉴 수 있다는 생각, 석 달간의 일정을 잘 마쳤고
이제 사흘 후면 집으로 돌아갈 수 있다는 생각. 스페
인 말라가에서 석 달 머물 수 있었던 건 큰 행운이었
다. 앞으로 이런 시간은 다시 없을지도 몰랐다. 한국
을 떠나 있는 동안에도 세월호 참사가 떠올랐다. 집
으로 돌아오지 못하는 이들에 대해 생각했다. 와이파
이가 무료인 식당이나 카페에 들어갈 때마다 한국 소
식을 살폈다. 아무것도 밝혀진 것이 없었다. 말라가
대학의 학생들은 먼 이국의 참사에 대해 잘 알지 못
했다. 10월에는 가수 신해철 씨의 소식을 들었다. 같
은 시대를 통과해온 이로서 그의 죽음과 함께 나의
한 시절도 저물었다는 생각이 들었다.

택시가 몇 개의 도로를 갈아타면서 달리는 동안
날이 저물었다. 그와 나는 스페인어와 영어 단어를
떠듬떠듬 섞어가면서 이야기를 나누었다. 그러는 사
이 어둠 저 먼 곳에서 호텔이 모습을 드러내기 시작
했다. 건물은 너무 컸고 꼭대기에서 화려한 네온 불

빛이 빛나고 있었다. 한눈에도 그곳은 내가 머물 그 호텔이 아니었다. 당황한 나머지 나는 아무 말도 할 수 없었고 그사이 운전사는 호텔 입구에 도착했다. 그제야 그도 뭔가 잘못되었다는 것을 안 모양이었다. 운전사가 해명하듯 말했다. 이 호텔의 이름에도 'puerta'가 들어가 있지 않으냐, 호텔 이름이 너무도 비슷하다. 이렇게 긴 문장의 스페인어를 어떻게 알아들었는지 모르겠다. 하지만 그의 말처럼 스페인 곳곳에는 '문'이라는 뜻의 'puerta'가 들어가는 이름이 많았다. 마드리드 역의 정식 이름도 'Madrid Puerta de Atocha'였다.

그가 다시 내비게이션에 호텔의 주소를 치고 출발했지만, 분위기는 좀 전과는 전혀 딴판이 되고 말았다. 도착 시간은 지연되고 어둠은 더욱 짙어졌다. 따뜻한 숙소에 들어가 쉴 수 있으리라는 예측이 어긋나자 차례로 다른 생각들이 무너졌다. 또 다른 '문'이 열렸다. 한 번도 경험해보지 않았으나 풍문으로 익히 들어온 세계로 향하는 문이었다. 집에 갈 수 있을까. 아니, 어쩌면 집에 돌아갈 수 없을지도 몰랐다. 온몸의 신경이 쭈뼛 섰다. 그때 어디선가 "한밤의 택시는 함부로 타는 것이 아니다"라는 말이 들려왔다. 모든 어머니들이 딸들에게 해주는 애정 어린 충고, 그러나 딸들에게는 어머니의 과장이고 잔소리로밖에는 들리지 않는.

그건 오래전에 썼던 단편 「새끼손가락」의 첫 문장이기도 했다. 그 단편에서도 밝혔듯이 나는 그 말을 스무 살이 되던 해부터 귀에 못이 박히게 들어왔고 십 년이 지난 뒤에 그것에 대한 두려움을 소설로 옮겼다.

낯선 이국 땅에서 핀잔이 섞인 듯한 어머니의 말투로 나는 정확히 그 말을 다시 들었다. 걱정과 경고가 아니라 이번에는 내가 뭐라고 했니, 그러니까 왜 내 말을 듣지 않았니, 라는 내게 책임을 묻는 듯한 말투로 바뀌어 있다는 것만 달랐다.

한밤의 택시는 함부로 타는 게 아니라는 그 말이, 수십 년을 뛰어넘어 쉰 살이 된 내게 여전히 유효할 줄은 정말 몰랐다. 쉰 살이 되었음에도 나는 스무 살 때와 별반 다르지 않았다. 무력했다. 여전히 힘없는 여성이었다. 조금 달라졌다면 힘없는 동양 여성이라는 점이었다. 석 달을 머물렀지만 이곳은 여전히 내게 낯선 곳이었다.

방금 전 나는 고속 열차를 타고 광활한 땅을 달려 왔다. 도시를 벗어나면 지루하게 광야가 펼쳐졌다. 그곳에는 올리브 나무뿐이었다. 마치 멈춰 있는 듯한 전경을 바라보면서 나는 풍차를 향해 뛰어들 수밖에 없었던 돈키호테의 심정을 조금 이해할 수 있을 것 같았다. 나는 올리브 열매 한 알에 불과했다. 땅에 떨 어져도 신경 쓸 이 하나 없는. 운이 좋았다. 그동안 정 말 운이 좋았다. 나는 공포로 몸을 동그랗게 말고 입 을 꾹 다물었다. 가늠할 수 없는 시간이 흘러갔다. 좀 전과는 다른 분위기가 흐르고 있다는 것을 느낀 택시 운전사가 목을 늘여 룸미러로 나를 살펴보았다. 그는 알았다. 내가 두려워하고 있다는 것을. 그 누구도 아 닌 바로 자신이 두려움의 원인이라는 것을. 그가 다 급하게 소리치듯 말했다.

"돈 워리! 돈 워리!"

단편 「새끼손가락」 속 화자인 '나'는 서른 살로, 한 밤의 택시를 조심하라는 그 말을 일찍 일찍 귀가하라 는 잔소리로 흘려듣는다. 뿐만 아니라 이 말에 담긴

묘한 뉘앙스가 불편하고 불쾌하다. 그러니까 만약에 네가 그런 흉흉한 일에 휘말리게 된다면 그건 바로 네가 일찍 귀가하지 않은 탓이라고. 네 잘못이 크다고, 그러니 빨간 모자야, 빨간 모자야. 다른 곳에 눈길일랑 절대 주지 말고 할머니 집으로 곧장 가야 한다, 라는 말.

그동안 셀 수 없을 만큼 택시를 탔고 그만큼 많은 택시 운전사들과 만났다. 대부분 친절하고 성실한 분들이었다. 그러나 택시라는 특수한 공간과 상황, 더욱이 여성 운전사는 다섯 손가락 안에 꼽을 정도였고 대부분 낯선 남자와 단둘이 움직인다. 지금은 앱이 있어 경로를 확인할 수 있지만 예전에는 그가 어디로 가는지, 목적지로 가고 있는 건지, 낯선 장소라면 더더욱 알 수가 없었다. 택시에 타고 있는 동안 주도권은 운전을 하는 그가 쥐고 있었다. 가끔 불길한 이야기들이 들려왔다. 피해자는 여성이 대부분이었다. 성실한 운전사들이 많음에도 택시에는, 한밤의 택시에는 그런 경고가 따라붙었다.

체크인을 하고 방에 도착한 뒤에야 나는 두 손을 바로 펼 수 없을 만큼 꼭 쥐고 있었다는 것을 알았다.

비교적 사람 얼굴을 잘 기억하는 편인데 방금까지 본 그 택시 운전사의 얼굴이 지우개로 지운 듯 뭉뚱그려져 있었다. 그건 정말 단순한 실수였고 나의 오해였다. 이번에 그는 정확히 내가 원하는 장소에 데려다주었고 거스름돈을 챙기는 것도 잊지 않았다. 뿐만 아니라 재빨리 짐칸에서 무거운 트렁크 두 개를 내려주었다. 그런데도 택시에서 내린 이후 난 그의 얼굴을 잊고 만 것이었다.

소설집의 개정판을 내면서 이십여 넌 만에 다시 「새끼손가락」을 읽을 수 있었다. 소설의 내용은 기억보다 훨씬 더 공포스러웠다. 택시를 잡아주고 택시 번호를 적는 '나'의 동료를 룸미러로 지켜보고 있던 운전사가 불쑥 우스갯소리를 던진다. 이 택시는 훔친 거라고, 그러니 번호판을 적어도 아무 소용이 없다고.

그가 곧 농담이라고 말하지만 '나'는 하나도 우습지 않다. 혹시나 차량 번호를 적은 일이 운전사의 심기를 건드린 것은 아니었을까 내내 걱정스럽다. 택시 운전사가 웃었을 때에야 그 걱정을 덜고 그가 다른 운전사와는 달리 빠른 경로를 택해 달리기 시작하자 양심적인 사람이라고 믿기에 이른다.

이야기는 그들이 탄 택시 곁으로 술이 잔뜩 취한 운전사가 운전하고 있는 승합차가 끼어들면서 반전된다. 운전사의 돌발 행동과 이어지는 공포, 그리고 '나'의 눈앞에서 펼쳐지는 마술과도 같은 일들.

어머니의 그 말은 내가 결혼하면서 자연스럽게 사라졌다. 이제 그 역할의 바통을 다른 이에게 건네주었다고 생각했던 듯하다. 어머니에게는 나 말고도 그 말을 입이 닳도록 해야 할 딸이 둘 더 있었다.

안 그런 척했지만 나는 택시를 탈 때마다 신경이 곤두섰다. 집에 잘 도착할 수 있을까. 택시의 뒷좌석에서 한 번도 마음을 편하게 가진 적이 없었다. 많은 분들이 안전하게 목적지까지 데려다주었지만 다들 그런 것은 아니었다. 회사의 송년회가 끝나고 겨우겨우 택시를 잡았을 때, 젊은 택시 기사는 한참 나이 어린 누이를 다그치듯 내게 왜 이 시간에 호텔 같은 데서 나오느냐고 물었다. 호텔 안에는 룸 말고도 여러 식당들이 있고 그곳에서 회식이 있었다고 나는 변명하듯 말해야 했다. 한 운전사는 다 손님을 생각해 드리는 말씀이라면서 깊은 밤에는 되도록 모범택시를 타라는 조언을 하기도 했다.

「새끼손가락」은 그렇게 쓰였다. 나는 불안하고 두려웠다. 여성으로서의 공포, 사회적 약자로서의 불안에 대해 생각했다. 불운과 불행의 이야기가 꼬리를 물었다. 그러니까 나는 깊은 밤 길을 건너다 자동차의 헤드라이트 불빛에 꼼짝하지 못하고 서 있는 고라니의 공포로 소설을 쓰기 시작했다. 그 공포를 잊고 그 공포를 건너기 위해 마술과도 같은 환상을 만들어내야 했다. 아니, 환상으로 그 시간을 견뎌냈다. 「새끼손가락」은 그렇게 공포를 숨기고 공포를 견디고 있는 '공포스러운' 소설이다.

환상만으로는 그 공포를 넘어설 수 없다는 것을 나는 이제 잘 알고 있다.

2014년 12월 31일은 수요일이었다. 그해 다이어리의 마지막 페이지에는 커다란 글씨로 이렇게 씌어 있다.

귀가!

산책들

한유주

2003년 《문학과사회》 신인문학상을 수상하며 등단했다. 2009년 단편 「막」
으로 제43회 한국일보 문학상을 수상했다. 소설집 『달로』 『얼음의 책』 『나의
왼손은 왕, 오른손은 왕의 필경사』 『숨』이 있다.

수요일. 외부 일정이 없는 날이다. 오후 느지막이 일어나 하루가 이미 엉망진창이 되었다는 기분에 잠겨 있다가 좀 걸어야겠다는 생각이 들었다. 대강 끼니를 때우고 집을 나서는데 현관에 어지럽게 널려 있는 택배 상자들이 보였다. 테이프와 송장 스티커를 벗겨내고 가능한 한 차곡차곡 접은 상자들을 들고 밖으로 나가 분리 수거함으로 다가가자, 마침 커다란 자루에 폐지를 모으고 있던 이가 자루 안쪽을 가리키며 말했다. "여기 버리세요." 나는 상자들을 깔끔하게 정리했는지 새삼 신경을 쓰며 접힌 상자들을 그의 자루에 서둘러 하나씩 넣었다. 내가 허둥대는 것처럼 보였는지 그는 다정하게도 이렇게 말했다. "천천히

하세요. 그러다 땀 나."

그에게 감사하다고, 안녕히 가시라고 말한 뒤 아무렇게나 걸음을 옮기다 어느 횡단보도 앞에서 보행자 신호가 들어오기를 기다리고 있을 때였다. 문득 낯선 사람에게서 다정한 말을 들었던 것이 마지막으로 언제였을까 궁금해졌다. 슈퍼마켓이나 편의점 계산원들을 제외하고…… 몇 달 안쪽으로는 없었던 것 같은데…… 그러다 한 장면이 떠올랐다.

나는 몇 해 전부터 뇌가 썩어가고 있다는 생각, 혹은 기분, 혹은 망상에 시달리게 되었고, 인지능력을 유지하려면 유산소운동을 하라는 누군가의 조언을 새기다 수영을 배우기 시작했다. 물에 떠서 허우적거리기만 하는 상태로 처음 배우다시피 한 수영은 내 신체에도 일말의 가능성이 남아 있음을 알려주었다. 긍정적인 신호였다. 처음 자유형으로 레인 끝에 도달했던 기분, 아직 뭔가 할 수 있다는 느낌, 혹은 착각. 배영을 거쳐 평영이 어느 정도 익숙해졌을 무렵, 수영 강사는 헤드업 평영을 선보이며 언젠가 휴양지에 가서 근사하게 헤엄치는 상상을 해보라며 격려를 해주었다. 치앙마이 같은 곳이 좋을까? 나는 생각했다. 한 번도 가보지 않은 이국적인 지명들이 머릿속에서 희미하게 어른거렸다. 코타키나발루. 세부. 몰디브. 아마 평생 가보지 못할 가능성이 큰 세이셸이나 카나리아 군도의 해변들. 헤드업 평영은 보는 것처럼 쉽지 않았다. 머리를 계속해서 수면 위에 두어야 하므로 그만큼 체력이 더 요구된다고 했다.

그러던 와중에 전염병이 창궐했다. (돌이켜보니 전염병이니 창궐이니 하는 단어를 이렇게 직접적으로 쓴 적이 한 번도 없는 것 같다.) 코치는 공공 수영장에서 두 레인을 임대해 강습을 해왔는데, 사회적 거리두기 지침에 따라 수영장도 잠정 휴관에 들어갔고, 강습도 중단되었다. 그렇게 몇 달이 지나갔다. 내 생활에도 변화가 있었지만 짐작건대 다른 이들이 맞닥뜨려야만 했을 변화들보다는 덜 심각했을 것이다. 나는 늘 너무 늦게 일어났고, 보통 아무것도 쓰지 못했고, 온라인으로 수업을 이어갔고, 밤이면 술을 마셨고, 아마도 뇌를 썩히고 있었을 것이다.

마침내 코치가 어느 아파트 단지에 딸린 수영장에서 수업을 할 수 있게 되었다고 알려왔다. 나는 그간 잊어버릴 뻔했던 평영 발차기 동작을 유념하며 입수했다. 부드러운 물을 밀어내며 앞으로 나아가는 감각이 새로웠다. 이럴 때 사람들이 흔히 살아 있는 기분이라고 말하는 걸까? 나도 그렇게 말해도 좋을까?

수영 수업은 오후 9시부터 50분간 진행되었고, 우리 수영장은 오후 10시에 문을 닫았다. 이는 나를 비롯한 수강생들이 10분 이내에 샤워와 옷 입기 등을 마쳐야 한다는 의미였다. 하지만 우리가 아무리 빠르게 물기를 털어내고 옷가지에 사지를 꿴다 해도 관리자에게는 미운털이 박힐 수밖에 없었다. 우리만 없었다면 그는 보다 느긋하게, 보다 일찍 일을 마칠 수 있을 터였다. 그는 비누 거품을 씻어내는 우리들 사이를 돌아다니며 이런저런 잔소리를 하고는 했다. "그쪽 샤워기 쓰지 마세요." "쓰레기통 비웠으니까 밖에 버리세요." 자세한 사정은 모르지만 코치가 다른 수영장과 계약하면서 우리는 두 달 정도만 그곳에서 강습을 받았고, 관리자에 대한 나의 인상도 기억에 남지 않을 뻔했다. 한데 어느 날, 샤워를 마치고 락커 앞에서 급히 로션을 바르다 통을 떨어뜨린 일이 있었다. 플라스틱 원통이 바닥에 떨어지면서 제법 둔중한 소리가 났는데, 별일은 아니었다. 무언가 깨지지도 않았고, 통이야 다시 주우면 되는 것이었다. 그런데 늘 툽상스러운 표정으로 샤워실 이곳저곳을 살피던 관리자가 내게 다가오더니 뭐랄까, 다친 짐승 새끼를 보는 사람처럼, 한없이 걱정하는 얼굴로 물었다. "괜찮아요?" 순간 나는 이상하게도 눈물이 핑 돈다는 표현을 완벽하게 이해하게 되었는데, 왜였을까? 낯선 사람에게서 그토록 다정한 말을 들었던 게 오랜만이었기 때문일까? 그토록. 너무. 지나치게. 나는 언젠가 이 순간을 소설로 써보고 싶다고 생각했지만, 아직 실행에 옮기지는 못했다. 그리고 다른 관리자들과 마주쳤다. 적당히 친절하거나, 데면데면하거나, 건조하거나, 사무적이거나, 무심한 얼굴들. 우리가 늘 마주하게 되는 타인의 표정들. 난생처음 접영으로 25미터 레인을 왕복하는 데 성공한 사람의 환희에 찬 헐떡임. 성인 가슴께까지 오는, 그다지 깊지 않은 수심이지만 잠영 중이라 유동적인 그림자처럼 보이는 어느 수강생의 물속 분투. 코치에게서 자세를 교정받았지만 생각대로 몸이 움직이지 않는 이의 머쓱한 얼굴. 수영장 바닥에 가라앉은 밴드와 머리끈. 오후에 수영

장을 사용하는 아이들 중 누군가가 흘리고 간 포켓몬
스터 스티커. 내가 양팔을 번갈아 젓는 반쪽짜리 접
영에 능숙해지기까지는 몇 달이 걸렸다. 전염병 상황
이 악화되기도 했고, 일상에 균열을 일으키는 자잘한
사건들이 있었고, 급히 써야 할 원고가 있기도 했다.
그래, 원고.

 가끔 제가 사기꾼이라는 생각이 들어요, 내가 말
한다. 의사는 마스크를 쓴 얼굴로 나를 바라본다. 몇
달 전 한 친구가 제 MBTI를 물어보기에, 농담 삼아
내 MBTI는 ADHD인 모양이라고 대답했어요. 우리
는 웃었고, 웃었는데…… (여기서 의사도 마스크 위로 미
소를 지었다.) 생각해보니 전 ADHD가 무슨 뜻인지
알지 못하고, 심지어 제 증상이 ADHD에 해당하는
지도 알지 못하더군요. 내가 말한다. 의사가 대답한
다. 아마 당신(의사는 내 이름을 정중히 불렀지만 어째서
인지 나는 여기서 이인칭을 사용하고 싶다)은 ADHD가
아닐 수도 있고, 비슷한 증상이 있더라도 원인은 다
를 수 있을 겁니다. 그런데 왜 스스로를 사기꾼이라
고 생각하시는지요?

나는 대답을 망설인다.

수영을 배워도 뇌가 썩어가고 있다는 생각, 혹은 기분, 혹은 망상이 해결되지 않아 찾아간 병원에서 의사는 이런저런 질문 끝에 항불안제와 집중에 도움이 된다는 약을 처방해주었고, 지나가듯 가볍게, 하지만 무시무시하게, 지속적인 음주로 뇌에 미세한 손상을 입었을 수 있으니 술을 끊어보라고 했다.

나는 자랑스러운 얼굴로 잠시 입을 다물었다.

두 달째 단주 중인 내가 말한다. 이렇게까지 쓰지 못한다면, 날마다 책상 앞에 앉지만 공책이나 아래아한글 파일을 여는 대신 크롬 탭들이나 여닫다 핸드폰이나 들여다보게 된다면. 무엇도 읽히지 않고 쓸 수도 없는 시간들이 무수히 지나가고 있는데도 아무것도 할 수 없는 것처럼, 세상에서 가장 무기력한 사람처럼 느껴지는데도 쓸 수 있다고, 언제고 쓰면 된다고, 시간이 좀 더 걸릴 뿐이라고 생각하는데, 그 시간이 실은 유한하지 않다면, 이미 지났다면. 이렇게 생각하고 이렇게 말하는 제가 사기꾼과 다를 게 무엇일까요.

자기 자신을 많이 칭찬하세요. 그러셔도 됩니다.

의사가 말한다. 나는 의사에게서 숙련된 다정함을 읽어내고, 순간적으로, 이러한 인상을 언젠가 글로 써야겠다고 생각한다. 나는 병원에서 나오기 전 중추신경을 조절해 주의력과 집중력 향상에 도움을 준다는 약을 병원이 제공하는 종이컵에 받은 물의 도움으로 삼킨다.

다시 과거 시제로 돌아가야겠지만, 아니, 현재형으로 써야겠다.

나는 산책을 계속한다. 이대로 길을 잃어버린다면 좋을 텐데. 사실 나는 아무 데로나 걷고 있는 것처럼 보이지만 익숙한 경로를 따르고 있다. 놀이터 근처에서 한 아이가 집으로 돌아가며 할머니와 나누는 통화 내용이 들린다. "아이스크림 두 개 사 갈게." 이유는 모르겠지만 이런 말을 들으면 안심이 된다. 누군가 아이스크림을 사 들고 간다. 그것을 다른 누군가와 나누어 먹는다. 그리고 내일이 온다. 내일 나는 원고를 마저 쓸 수 있을까? 식료품이 담긴 조그만 카트를 끌고 터벅터벅 걸어오는 사람, 우회전하면서 속도를 늦추지 않은 자동차 때문에 잠깐 얼어붙었다 안

도와 동시에 화를 내는 사람, 까마귀들, "내가 정말 이해가 안 되는 게 뭐냐면……" 울먹이며 잰걸음을 놀리는 누군가, 개들. 어느 아파트 단지 담장을 따라 걷고 있는데, 단지 안쪽 벤치에 누군가 앉아 휴대용 독서등을 켜놓고 책을 읽고 있는 모습이 보인다. 아직 모기가 있을 텐데, 나는 걱정한다. 하지만 걱정은 이내 사라지는데, 독서 중인 이가 용의주도하게도 불을 붙여둔 모기향이 보이기 때문이다. 저 사람은 뭘 읽고 있을까? 해가 넘어갔고, 어둡고, 쌀쌀하다. 지금만큼은 어둠 속 독서자가 읽는 페이지에 담길 만한 무언가를 쓰고 싶다고 생각한다. 돌연한 다정함이나 숙련된 다정함과 관련된 무언가라면 좋을 것이다. 그런거라면 일단은 쓸 수 있을 것 같으니까. 쓰고 싶으니까. 그런데 저 사람은 정말 뭘 읽고 있을까? 나는 담장에 몸을 바싹 붙여보지만, 당연하게도, 내용을 알아볼 수는 없는 노릇이다. 나는 독서자를 방해하지 않기 위해, 다른 보행자들에게 수상한 사람처럼 보이지 않기 위해 담장에서 몸을 떼고 다시 아무 방향으로나 걷기 시작한다.

그런 자리가
있다

한은형

2012년 《문학동네》 신인상으로 등단. 장편소설 『레이디
맥도날드』 『거짓말』, 경장편소설 『서평하는 정신』, 소설집
『어느 긴 여름의 너구리』와 산문집 『당신은 빙하 같지만 그
래서 좋다고 말하는 사람이 있어』 『우리는 가끔 외롭지만
따뜻한 수프로도 행복해지니까』 『오늘도 초록』 『베를린에
없던 사람에게도』 등을 썼다. 한겨레문학상을 수상했다.

한때 나는 새벽 다섯 시에 일어나는 일에 빠져 있었다. 그래야 당시 꽂혀 있던 스타벅스 g지점의 첫 손님이 될 수 있었기 때문이다. 점원 말고는 아무도 없는 스타벅스의 문을 열고 들어가 내가 원하는 자리에 앉는 기분은 꽤나 산뜻했다.

넓지 않은 데다 좌석도 많지 않은 그 스타벅스에서 내가 원하는 자리는 단 하나뿐이던 6인용 테이블이었다. 스타벅스 파트너들이 마주 보이는 방향으로 오른쪽 끝자리. 나는 오른쪽에 아무도 없어야 안정감을 느끼는 사람이다. 왼쪽에는 누가 있어도 괜찮은데 오른쪽에 누가 있으면 불안하다. 그래서 누군가와 길을 걸을 때도 오른쪽에 있으려고 애쓰는 편이다.

2012년에는 그렇지 않았지만 이제는 구식이 된, 두꺼운 우드 슬랩으로 상판이 만들어진 그 테이블은 높이가 완벽했다. 노트북 작업을 하기에 말이다. 광원의 색도 조도도 내게 적당하다고 느꼈고, 의자는 허리를 반듯하게 펴는 걸 좋아하는 내게 맞춤한 스타일이었으며, 뒷자리와의 거리도 상당히 떨어져 있었다. 그리고 내가 가는 시간대에 6인용 테이블에 앉는 사람들도 도움이 되었다. 주로 번역을 하거나 법조문을 작성하는 사람들이었는데, 분초를 소중히 하며 거의 투쟁적으로 뭔가를 하는 모습을 보면 나도 함께 뜨거워졌던 것이다. 지지 않겠다는 마음으로 자판을 두들기다 보면 어느새 그들은 보이지 않고, 나는 띄워놓은 한글 창 안으로 온전히 들어갈 수 있었다.

'쓰는 마음'이 주제였던 어느 책에서 이 시절 나에 대해 이렇게 쓴 적이 있다. 내가 가장 좋아하는 나는 새벽 다섯 시의 적막에 잠겨 일하다가 아홉 시 전에 하루치 일을 털고 일어나 거리를 산책하는 나라고. 스타벅스에서 일할 때도 그랬다. 늦어도 7시에 시작해서 11시가 되기 전에 끝냈다. 그 이상은 할 수 없었기 때문이다. 네 시간 동안 하루치의 에너지와 체력을 다 소진했다는 생각이 들었고, 가벼워진 몸으로 휘청거리며 집으로 돌아가곤 했던 것이다. 단, '그런 자리'에 앉아야 그럴 수 있었다.

그런 자리가 있다. 매우 일이 잘되는 자리. 내가 지금 여기서 말하는 '일'이란 소설 쓰기다. 어쩌면 나는 그 자리를 찾아 헤매는 사람인지도 모르겠다고 생각하는 요즘이다. 내가 집착했던 그 스타벅스에는 더 이상 가지 않는다. 인테리어가 바뀌었고, 테이블이 너무 많아졌으며, 인구밀도가 예전 같지 않다. 무엇보다도 6인용 테이블이 없어졌다. 그러면 더 이상 '그런 자리'는 아닌 것이다. 지금 나는 그런 자리에 앉아서 이 글을 쓰고 있나? 그렇지는 못하다. 그럼 어디서? 거실의 소파에 앉아 이 글을 쓰고 있다. 오늘의 나는 그 자리에 가지 않기를 선택했기 때문이다.

이틀 전, 아침에 일어나면서 하품을 하는데 이상했다. 쓰라렸다. 입가가 찢어졌다는 것을 알았다. 기분이 좋았다. 내가 충분히 힘들구나 싶어서. 마음을 쏟아붓고 있구나 싶어서. 쓰고 있는 소설에 말이다.

글은 앞으로 잘 나아가지 않고 있었는데, 내 몸이 말해주는 내 마음의 상태를 보니 그래도 나아가고 있구나라는 생각이 들었다. 주말에도 계속 '그런 자리'를 찾아 출근하던 나는 이틀만 쉬기로 했다.

쉬기로 했으니 소설은 잠시 쓰지 않기로 했다. 그렇다고 OTT나 유튜브를 보거나 읽고 싶은 책을 보지는 못했다. 읽다가 너무 재미있어서 일단 덮고, 언젠가 마음이 준비되었을 때 다시 읽기로 한 찬쉐의 『마지막 연인』 같은 책을 보았다면 얼마나 좋았을까 싶지만.

책을 보기는 했다. 글을 쓰는 사람들이 글쓰기에 관해 쓴 책들을 보면서 내가 나에게 허가한 병가를 보내고 있다. 창작론이나 창작 기법 같은 것은 아니다. 그런 것은 한 권도 없다. 내 방 책꽂이에는 글을 쓰는 사람들이 글쓰기란 일에 대해 쓴 책을 모아놓은 칸이 있고, 나는 일이 안 될 때 이 책 중 아무거나 한 권을 꺼낸다.

아침형 인간인지 저녁형 인간인지, 글을 쓸 때 치르는 자신만의 의식 같은 것은 있는지, 어떤 옷을 입는지, 산책을 하고 글을 쓰는지, 특정한 음식을 먹는지, 술이나 담배를 하면서 글을 쓰는지 등에 대해 써 있는 책이다. 오늘은 서머싯 몸의 이야기에 끌렸다. 그가 '그런 자리'에 대해 말하고 있었기 때문이다.

그는 바깥 경치를 보면서 작업하는 것은 적당하지 않다고 생각했다. 동감이다. 나도 창 옆에 앉거나 창을 마주보고 앉는 걸 피하는 편이다. 시선을 뺏길 수도 있고, 직접적으로 햇볕을 쐬며 일하는 건 어색해서 그렇다. 나는 북향의 느낌이 드는 자리에서 일하기를 원하는 것 같다. 반은 그늘지고, 반은 해가 드는 그런 자리. 서머싯 몸은 하얀 벽을 보면서 작업했다고 한다. 거기에는 반대한다. 나는 하얀 벽을 등 뒤에 놓고 앞에는 사람을 배경으로 두고 일하기를 원한다. 앞에서 쓴 것처럼 자기가 하고 있는 무언가에 미쳐서 열중하는 사람들이라면 최상이다. 그들의 타오르는 에너지가 열정이라고 해도 좋고 욕망이라고 해도 좋고 불만이라고 해도 좋을 내 안의 무언가를 깨운다.

코로나가 나한테 끼친 가장 큰 변화라면 더 이상 일을 하기 위해 스타벅스에 가지 않게 된 거다. 헤아릴 수 없는 불특정 다수가 드나드는 공간이 불안해져

한동안 집에서 지냈다. 일을 하기는 했다. 어떤 날에는 새벽 다섯 시에 일어나서 일을 하기도 했지만 집에는 뭔가가 부족했다. 조명과 의자와 책상, 그리고 북향인 것까지 조건만 본다면 내가 원하는 '그런 자리'에 가까웠지만 내 방에는 나 아닌 다른 사람이 없었던 것이다. 나는 다른 사람, 그게 아무 사람은 아니고, 진지하고도 열정적인 사람이 앞에서 일을 해주길 바란다. 그래서 요즘은 어디에서 그런 자리를 찾는 중인가? 공유 오피스다.

세 번째로 선택한 공유 오피스에서 일하고 있다. 첫 번째 오피스와 두 번째 오피스 모두 내게 적합하지 않은 면이 있었고, 그래서 새로운 공유 오피스를 알아봐야 했다. 내가 선택한 유형은 한 지점만 고정적으로 가지 않고 매번 원하는 지점을 미리 예약한 후 가는 것이다. 나는 내가 예약한 그 지점에서 내가 앉게 될 자리가 '그런 자리'가 되길 바라며 아침에 집을 나선다. 치열하게, 오늘 치의 에너지를 불태워줄 사람이 내 근처에 앉기를 바라면서 말이다. 또 내가 누군가의 앞에서 에너지를 불태울 수 있는 사람이 될 수 있기를, 그렇게 내 안의 무언가를 깨끗이 소진

하고 바람 인형처럼 가벼워져 돌아올 수 있는 하루가
되기를 바라면서 말이다.

다시 그런 사람이 될 시간이다.

불면증 환자의 침묵과
이름이 명명된
자동차의 세계

한정현

2015년 《동아일보》로 등단. 소설집 『소녀 연예인 이보나』, 장편소설 『줄리아
나 도쿄』『나를 마릴린 먼로라고 하자』, 중편소설 『마고』가 있다. 오늘의작가
상, 퀴어문학상, 부마항쟁문학상, 젊은작가상 등을 수상했다.

불면증 환자와 여행에 대해 무지한 감각을 가진 두 사람의 이야기로 시작해보자. 그리고 그곳에 정물처럼 서 있는 B의 자동차. 모든 것에 이름을 명명하며 하나의 존재를 만드는 이야기. 이 소설 속 불면증 환자는 어린 시절 어머니를 잃은 감각에 대해 이렇게 말한다. 침묵.

침묵. 깊은 슬픔. 잊지 않기 위한 애도로서의 침묵. 그는 어머니를 잊지 않기 위해 비밀을 만들고 이 비밀을 위해 침묵한다. 그것은 그가 몹시 슬프다는 것이고 그것이 잊혀지지 않는다는 점에서부터 시작되었다. 그 외에 모든 형제들은 어머니가 죽은 후 얼마 뒤 마치 어머니의 죽음이 없었던 것인 양 아무렇지 않게 굴고 그것은 어머니의 존재 자체가 사라진 듯이 보이게 한다. 그러나 그는 그것을 거부한다. 그가 잊는 순간 어머니는 사라질 것이고 그는 어머니가 사라지길 원치 않았기 때문이다. 그렇기에 그는 침묵을 맞는다. 이 침묵은 애도를 위한 필수불가결한 요소다.

그리고 이제, 그 소설을 읽고 있는 B에 대해서 말해보자.

B가 그 소설을 처음 읽은 곳은 지금은 사라져버린 지방 도시의 어느 서점 창고다. B는 그 소설의 한 귀퉁이만 보고 직접 구매하고 싶어서 그 서점을 찾아간 대학 신입생이었다. 그 도시에서 가장 큰 서점이었고, B에게 그 소설가는 중·고등학교를 버티게 한 은인 같은 사람이었으므로 B는 그의 책이 한 권 정도는 그 서점의 귀퉁이에라도 있을 것이라 예상했던 것이다. 물론 예상은 보기 좋게 빗나갔고 그 소설가의 책은 그 공간 어디에도 존재하지 않았다. 홀로 서점을 여러 번 서성이던 B는 결국 서가 앞에서 어지러이 놓인 책을 정리하던 중년의 여성 직원에게 도움을 구해야 했다. 한눈에 봐도 주춤거리던 스무 살짜리 여자아이에게 그 중년의 여성은 조금만 기다리라는 말

을 남겼고 종내는 서점의 창고까지 가서 책 한 권을 찾아 건네주었다. B는 그 중년 여성의 가슴께에 달린 이름은 보지 못했으나 그 여성이 책을 건네주던 손만은 기억한다. 그것은 감사에서 기인한 기억이다.

그래, 그렇게 그 소설이 B에게 왔으므로.

그리고 그 소설은 B에게 다른 가능성이 있음을 알려주었다. B는 저 소설을 읽기 전까지 자신의 슬픔에 대해 막연함만을 가지고 있었다. 그러니까 B가 자꾸 어느 순간에 오면 스스로 침묵하는 이유에 대해서. 어떤 슬픔에 대해서 말을 하지 않게 되는 것에 대해서, 그것을 너무 빨리 알게 된 것에 대해서. 잊지 않기 위한 침묵. B는 이미 그것을 오랜 시간 삶 속에서 유지하고 있었다. 일곱 살 무렵 유달리 가깝다고 할 수 있던 가족 중 한 명이 갑자기 세상을 떠나고 그를 둘러싼 모든 사람들이 무너지기 시작한 폭력적 침묵이 시작되던 그때부터 말이다. 그가 줄곧 침묵으로 묻혀진 데에는 여러 이유가 있었다. 우선 B는 당시 너무 어렸기 때문에 그 슬픔을 표현할 언어를 구체적으로 알지 못했다. 그러나 무엇보다도 B가 죽은 그만큼이나 좋아하던 사람들의 삶이 그의 죽음을 기점으로 철

저하게 부서졌기 때문이었다. 그를 사랑했던 사람들은 아마도 그가 죽어야 했던 이유를 찾고자 했을 것이다. 하지만 그는 국가폭력으로 갑작스러운 죽음을 맞이했기 때문에, 그들은 당연히 어디서도 그가 죽어야 하는 이유를 찾을 수가 없었다. 하지만 이유를 찾지 못하면 받아들일 수가 없고 받아들일 수가 없으면 도저히 삶을 영위할 수가 없기 때문에 이제 그 사람들은 서로를 향해 분노와 의심을 쏟아내기 시작했다. 일곱 살의 B는 그들 사이에 있었다. B가 알던 가장 다정한 사람들이 가장 위태로운 모습으로 서로를 향해 납득되지 못한 슬픔을 분노로 내뱉는 모습들. 하루는 화를 내고 다른 하루는 서로 기대어 눈물을 흘리던 혼란스러운 마음들. 종내는 더는 타인을 망가뜨리지 않기 위해 자신들만의 깊은 내면으로 무너지던 모습들, 그럼에도 불구하고 살아가려 애쓰던 마음들. B는 사람들이 그러는 이유에 대해선 정확히 알 수 없었지만 단 하나만큼은 알 것도 같았다. 세상은 그가 없는 채로 멀쩡하다는 것 말이다. 뉴스를 틀어도, 예능 프로그램을 봐도 B가 사는 나라는 이전과 똑같은 것 같았다. 단지 그를 사랑하던 사람들만 서로를 물어뜯다가 망가져가고 있었다. B는 그들 사이에서 침묵하기 시작했다. B가 본 것, 들은 것을 말하지 않기로 했다. B가 정말 좋아했던 사람들이 울부짖는 모습을, B가 모르는 사람들처럼 무너지던 모습들을 모두 말하지 않기로 했다. B가 말하면 사람들은 잘 알지도 못하면서 그들을 불쌍해할 것이고, 또 거기서 누가 더 불쌍한 것인지 견줄 것이고…… 그러다가 갑자기 돈에 미쳐서 보상금을 받으려는 사람들로 손가락질할 것이고…… 하지만 B가 아는 그들은 사람들이 수군거리는 만큼 그렇게 단순하지 않았다. B가 아는 그들은 갑작스러운 슬픔에 무너졌고 혼란스러운 마음에 얼마간 서로를 할퀴기도 했지만 끝내는 그 누구에게도 더는 분노를 터트리지 않는 사람들이었다. 복수를 발음하는 대신 어린 B를 데리고 봉사활동을 다녔고 이전보다 자주 웃으려 노력했다. 그렇게 주어진 삶을 다했다. 사람들이 상상하는 것만큼 지나치게 우울하거나 날마다 불행을 곱씹지 않았다. 그러니 B는 이런 것들을 말하는 대신에 이 세상에는 없는 나라를 만들고 그를 되살려 사람들에게 되돌려주는 편이 좋겠다고 생각했다.

B는 자신만의 세계를 만들기 시작했다. 그 세계 속에서 B는 여러 이름을 가지고 있는 사람이었다. 프리다였다가 초의였다가 보나였다가 경아였다. 한주이기도, 추이기도 했다.

1991. 9. 국립중앙도서관 신문 코너에서 찾아본 그의 이름은 저 날짜에 사라졌지만 B가 만든 세계 속에서 그는 제인이라는 이름으로 여전히 살아 있다. 그는 어느 날엔 송화라는 이름으로 다른 시대를 살고 있기도 했다. 다른 날엔 또 다른 이름으로 살아갈 예정이다. 그러다 보면 교차되어, 어디선가 어느 시간대인가 그를 사랑했던 사람들을 다시 만나겠지⋯⋯. 이것이 B가 남겨진 사람들로부터 배운 낙관이다.

B의 사회적 이름은 한정현.

B는 가끔 그 이름을 잊는다.

B는 소설을 쓴다고 한다. 그렇기에.

시작되지 않은 이야기,
끝나지 않은 사랑

함정임

1990년 《동아일보》 신춘문예로 등단. 소설집 『버스, 지나가다』 『저녁식사가
끝난 뒤』 『사랑을 사랑하는 것』, 중편소설 『아주 사소한 중독』, 장편소설 『춘하
추동』 『내 남자의 책』, 산문집 『괜찮다는 말은 차마 못했어도』 『태양의 저쪽 밤
의 이쪽』 등이 있다.

끄적거리기 　십 대 때부터 나는 틈만 나면 노트
나 책 귀퉁이에 무엇인가를 끄적거리며 썼다. 그것이
훗날 문학 행위의 전조였다는 것을 그때 나는 알지
못했다. 내가 문학을 어렴풋이 자각하기 시작한 것
은 외국 언어를 습득하는 과정에서였다. 나는 가까운
곳, 발 딛고 서 있는 현실이 아닌 먼 곳, 외국의 낯선
풍경과 낯선 사람들의 마음을 해독하는 데 병적일 정
도로 열성이었다. 그때 나를 사로잡았던 세계가 언어
가 아니고 문학이었다는 것을 자각하게 해준 것은 불
어로 쓰인 작품들이었다. 보들레르, 랭보, 발레리, 말
라르메의 시들, 라신, 베케트, 카뮈의 희곡들, 스탕달,
플로베르, 사르트르의 소설들, 바슐라르, 블랑쇼, 바

르트의 비평들을 만나면서, 인간이 사용하는 언어가 보석보다 아름답다는 것을, 칼보다 강하며 죽음보다 영원하다는 것을 깨달았다.

편지 여고 1학년 때, 국어 선생님들의 주선으로 같은 도시의 타 학교 학생들과 문학 스터디에 참가했다. 그때 만난 남학생과 무려 칠 년 동안 편지를 주고받았다. 나는 외국어, 특히 영어를 몹시 좋아하는 여학생이었다. 영어를 통해 세계 무대에서 활동하는 것이 꿈이었다. 국어 선생님의 권유로 백일장에 나가곤 했지만, 정식으로 문학 동아리 활동을 하지 않았고, 밤낮없이 심지어 점심시간까지 영어 사전을 펼쳐놓고 밥을 먹는 좀 유별난 학생이었다. 영어 단어를 외우면서도 늘 무엇인가를 노트 한 귀퉁이에 끄적거렸지만, 모국어로 글을 쓰는 것을 본업으로 하는 한국 문학의 작가로 평생 살게 되리라고는 상상하지 못했다. 작가란 자기가 선택해서 되는 것이 아니라, 선택되는 것이다. 이것은 컬럼비아 대학 출신이면서 월스트리트의 정규직을 마다하고 생계가 불분명한 작가의 길을 선택해, 온갖 잡일을 병행하며 소설을 포기하지 않고 쓴 끝에 결국 현대 미국을 대표하는 작가로 거듭난 폴 오스터가 훗날 무모했던 젊은 날을 돌아보며 한 말이다. 글 쓰는 직업을 미래의 꿈으로 삼지 않더라도, 자기 안에 있는 생래적인 에너지[氣]나 기질로 표현하고자 하는 욕망, 소통하고자 하는 욕망이 강하고, 그것을 주체할 수 없어 끊임없이 써야만 한다면, 그래서 그 지속적이고도 응집된 결과물이 한 편의 글로 세상에 던져지게 된다면, 그 글은 읽는 이의 마음을 사로잡고, 또 다른 글을 계속 읽어보고 싶도록 마음을 움직이게 된다. 어쩌면, 내가 열렬하게 꿈꾸지는 않았지만, 그토록 일찍 작가가 된 것은 누군가에게 내 속마음을 표현하고, 그 누군가로부터 속마음을 전달받는 매개체로 편지 쓰기를 지속해온 결과라고 할 수 있다. 편지의 속성은 이 세상 단 한 사람에게 집중되고, 그 집중력은 내밀함과 간절함으로 이루어진다. 편지 쓰기로 다져진 내공이 글쓰기에서 발휘될 때 세상은 그 글의 밀도와 흡인력에 반응하고 주목할 수밖에 없다. 여고 1학년 겨울방학부터 이웃 학교 남학생과 시작해 칠 년간 지속한 편지 쓰기는 생애 처음 쓴 단편소설이 《동아일보》 신춘문예에 뽑혀 작가가 되면서 끝이 났다. 사교육이 금지된 시절이었고, 고등학교 국어 선생님들 주도로 만났던 학생들의 스터디 모임이었기에 에리히 프롬의『사랑의 기술』과 같은 인문학 책들을 함께 읽고 토론했다. 그런 만큼 그와의 편지 내용은 매우 건전하고 모범적(?)이었다. 나보다 한 학년 위였던 그는 한 해 먼저 신촌에 있는 대학 치의대에 진학했고, 텅 빈 강의실에서 고3인 나에게 편지를 써 보내주곤 했다. 일 년 뒤 나 역시 신촌에 있는 대학 불문과에 진학했고, 길을 하나 사이에 두고 일 년에 몇 번 만났다. 1킬로미터가 채 안 되는 가까운 거리였지만, 편지로 공명하고 지속된 만남이었기에, 현실의 실체가 편지 속에 구축된 플라토닉한 관계를 뛰어넘지 못했다. 십 대 후반부터 이십 대 중반까지, 그와 주고받은 칠 년간의 편지가 나를 비롯한 인간의 마음을 내밀하게 들여다볼 수 있는, 소설 쓰기 이전의 습작기였음을 뒤늦게 깨닫는다.

외교관에서 소설가로　서울시 종로구 적선동 현대빌딩 8층 문학사상사에 발을 들여놓기 전까지 나는 앞으로 소설가로 살아가게 될 줄은 상상해본 적이 없었다. 나를 거기, 세종문화회관과 정부종합청사와 경복궁과 프랑스문화원 근처, 광화문의《문학사상》으로 이끈 것은 오직 대학 시절에 쓴 한 편의 보잘것없는 시詩였다. 나로 말하자면, 학창 시절 문학 창작 동아리에 적을 둔 적도, 또 시인을 꿈꾸는 지망생도 아니었다. 책상에 앉으면 존재의 참을 수 없는 변덕과 야릇한 감정에 사로잡혀 시 비슷한 것을 끄적거렸을 뿐이었다. 끄적거림이 병적일 때도 있었던지, 그 끝에 나온 한 편의 보잘것없는 시는 그때까지 외교관이나 저널리스트를 꿈꾸던 내 삶을 문학적으로 완전히 바꿔놓았다. 대학 졸업을 앞둔 정초,《문학사상》이라는 정체불명의 곳으로부터 나에게 청탁 전화가 걸려 왔다. 내가 적을 두고 있던 이대 불문과에는 문학과지성사의 창립 멤버인 김치수 선생님께서 비평 전공으로 재직하고 계셨지만, 나는 당시 문청들의 데뷔 무대이자 문인들의 발표의 장이었던《창작과비평》이니《문학과지성》에 대해 무지했다. 그러니《문학사상》이라는 곳에서 날아온 청탁서는 나에게 특별한 감흥을 주지 않았다. 나의 무덤덤한 반응과는 달리《문학사상》에서는 '대학문학상 수상자에게 듣는다'라는 신춘 특집을 야심차게 마련했고, 「푸르르기」
라는 시로 이대학보사 현상문예에 뽑혔던 나는 《문
학사상》 편집자의 기획 레이더에 잡힌 것이었다. 나
는 그때까지 프랑스 시와 현대 부조리극에 경도되
어 있었고, 원서의 행간들을 더듬으며 겨우 해독하고
살았던 터라 한국 문학의 현장에서 무슨 일이 벌어
지는지 알지 못했다. 당연히 《문학사상》이라는 문예
지의 세계와 영향력에 대해서 알 턱이 없었고, 그만
큼 무모했다. 그때 함께 《문학사상》에 글을 쓴 학생
문사로 연세대의 나희덕과 서울대의 강상희가 있었
다. 셋은 앞서거니 뒤서거니 문단에 데뷔했다. 나희
덕은 《중앙일보》 신춘문예로 시인이 되었고, 강상희
는 《문학사상》으로 평론가가 되었으며, 나는 《동아
일보》 신춘문예로 소설가가 되었다. 그런데 '대학문
학상 수상자에게 듣는다'라는 특집은 그해 그 호에만
기획되었던 단발성이었다. 누가 기획을 했는지, 아무
리 생각해도 야릇하고 아슬아슬하다.

광장 대학 입학 날부터 졸업 날까지 최루탄 연
기 속에 살았다. 내가 다닌 불문과가 있는 인문대학

은 대강당을 지나 내리막길 맨 아래 후문 옆에 위치해 있었다. 등하교 때마다 대강당으로 오르는 백팔 계단을 밟고 올라가고, 내려갔다. 백팔 계단 아래 광장이 펼쳐져 있었다. 우리는 그곳을 민주광장이라 불렀다. 나는 광장 중앙으로 지나다니지 못했다. 가장자리로 조심하며 백팔 계단을 오르곤 했다. 언제 최루탄이 날아와 정수리 위로 떨어질지 몰랐다. 정문에는 전경들이 겹겹이 에워 서 있곤 했다. 그러다가 광장에 하나둘 모여 구호를 외치면, 순식간에 작고 까맣고 단단한 물체가 날아와 터졌다. 매캐하게 눈물을 쏟게 만드는 최루탄은 날아가다 추락하는 새를 닮았다. 머리 위를 조심하며 광장을 피해 소극장으로, 도서관으로 전전했다. 도서관 창가에서 광장을 내려다보는 일이 많아졌다. 가슴속에 뜨거운 것, 광장에 동참하지 못하는 죄의식이 쌓여가는 날들이었다. 급기야 옆 학교에서 남학생이 최루탄에 맞아 쓰러졌고, 의식불명 상태에 있다가 숨을 거뒀다. 학생 노동자 시민 샐러리맨 할 것 없이 모두 광장에 모였고, 나도 대열의 일원이 되어 난생처음 구호를 외쳤다. 광장은 사방으로 길이 통하는, 자유로운 곳이다. 그러나 그날 나는 광장 한가운데에서 두려움이 목까지 차올라 죽을 것 같았다. 한 치도 물러설 수 없는 대치 상황에서 까만 새 떼들이 광장을 향해 날아오는 것이 또렷하게 보였다. 그 순간 공포로 내 머릿속은 하얘졌다. 어디로든 뛰어야 했다. 멈추어보니 후문 밖이었고, 구두 한 짝이 손에 들려 있었다. 왼쪽으로 가면 신촌, 또 다른 광장이 나왔고, 오른쪽으로 가면 광화문, 세상으로 이어지는 터널이 있었다. 나는 어설픈 패잔병처럼 구두 한 짝을 손에 들고 맨발로 터널 속으로 들어갔다. 터널은 길고, 어두웠다. 그날 이후, 나는 하늘을 자유롭게 날아다니는 새들을 제대로 바라보지 못했다. 무엇인가, 새들처럼, 하늘에서 움직이는 작고 까만 것들을 보면 맥박이 빨라졌고, 어디로 뛸까, 머리를 감싸고 두리번거렸다. 그 증세는 이듬해 대학을 졸업하고 광화문에 있는 출판사의 문예지 기자로 입사한 뒤에도 계속되었다. 세상에 그럭저럭 적응해갔다. 하루 일과를 마치고 골목길을 느릿느릿 걸어 광화문 네거리로 빠져나오곤 했다. 골목 주점들의 불이 하나둘씩 켜지는 저물녘이면, 퇴근자들 발길만큼이나 가볍게 새들이 가로수 사이로 날아올랐다. 그러다가 그만 나뭇가지를 잘못 짚어 바닥으로 떨어지는 새들도 있었다. 어느 날 내 앞에 그런 새가 한 마리 떨어져 죽었다. 그것은 나와는 무관한 듯했지만, 돌이켜 보면 내 삶의 전환점이 된 사건이었다. 하늘을 자유롭게 날아가는 새를 온전히 바라볼 수 없었던 사람이 비단 나만이었을까. 그날 밤 집으로 돌아와 나는 한 마리 새의 죽음을 생각하는 긴 글을 쓰기 시작했다. 새의 출발점은 광장이었고, 개인의 훼손된 마음으로 가는 길이었다. 그것이 내 생애 첫 소설이자 등단작 「광장으로 가는 길」이었다.

글쓰기 도구. 가명. 투고 연필, 펜, 종이를 컬렉트할 정도로 애호한다. 원고지 쓰기에서 시작해 수동 마라톤타자기, 전동타자기, 286컴퓨터, 워드프로세서, 휴렛팩커드노트북, 그리고 현재까지 글 쓰는 도구를 나처럼 빨리 습득하고 순차적으로 모두 사용한 작가는 드물 것이다. 대학 다닐 때 수동 마라톤타자기를 익혔고, 대학 졸업 후 직장에서 퇴근한 뒤에는 새벽까지 마라톤타자기로 글을 썼다. 어깨 마비가 올 정도로 썼다. 당시 나처럼 문예지나 신문사에 다니던 기자들은 전동타자기로 글을 썼다. 모두 그런 것은 아니었다. 이어령 선생님이 워드프로세서를 사용한다는 기사가 문화면 톱으로 게재되던 시절이었다. 작가도 지망생도 원고지에 소설을 써서 투고하던 시절이었다. 나는 신춘문예 투고작을 286컴퓨터로 반듯하게 프린트해서 신문사 다섯 군데에 투고했다. 신문사들은 직장에서 가까웠다. 나는 가명을 썼다. 성인 '함'을 빼고 오빠 이름만 '정윤'이라고 썼다. 본심 심사위원이었던 김윤식, 하근찬 선생은 당선작을 결정하고 난 뒤, 작가를 삼십 대 초반의 남성으로 짐작했다는 이야기를 후문으로 들었다. 투고작은 286컴퓨터로 나름의 편집을 거친 그럴듯하고 읽기 좋은 형태였다. 128매짜리 긴 단편이었고, 다섯 군데 동시 투고였으니, 전례가 없었다. 원고지에 손글씨로 써서 투고하던 시절이었다. 당시 기준으로 단편소설 분량은 원고지 100매 내외 정도였고, 원고지 100매 소설은 두툼했다. 중복 투고가 많지 않았고, 금지 조항도 없었다. 당선작이 결정되면, 담당 기자들은 타 신문사 기자들에게 알려서 동일한 작품이 선정되었을 경우 교통정리를 했다. 286컴퓨터 효과였는지, 세대 전환 효과가 결정적이었는지, 둘 다였는지, 내가 투고한 작품이 다섯 군데 모두 당선이 되었다. 그런데《동아일보》와《조선일보》담당 기자 간에는 소통이 제대로 안 되어서 두 곳 모두 당선 연락이 왔다. 두 신문사 문화부 신춘문예 역사의 자존심 줄다리기 싸움에 끼어 고초를 겪었다.《조선일보》보다 일주일 먼저 당선 통보와 심사위원 심사평과 당선자 소감까지 인쇄를 마친《동아일보》로 발표가 되었다. 이후 신춘문예 중복 투고 금지 조항이 생겼다. 신춘문예 상금으로 워드프로세서를 샀다. 첫 소설집의 소설들을 워드프로세서로 썼다.

어머니 「광장으로 가는 길」이라는 단편소설로 소설가가 되었다. 스물여섯 살 때였다. 신춘문예에 다섯 군데 동시 당선. 소설 쓰기에 대한 두려움과 주목에 대한 긴장으로 두 번째 작품을 팔 개월 후에야 발표했다. 채 이 년이 안 되는 기간 동안 소설 열 편을 발표했다. 곧이어 첫 소설집을 출간했다. 소설가보다 시인의 자의식이 팽배했던 시기였다. 작가의 말을 쓰지 않았다. 다만, 한 문장, 맨 앞에 헌사를 썼다. "나의 어머니께 바칩니다."

부재不在/무無. 글쓰기의 기원　내가 태어나고 일
년 뒤, 아버지가 돌아가셨다. 아버지에 대한 기억도,
그리움도 없다. 그래서였을까. 일찍부터 아비 없는
시인, 소설가, 철학자들의 무덤을 찾아다녔다. 랭보는
프랑스-벨기에 국경 지대 샤를르빌-메지에 공동묘지
가족묘에 묻혀 있고, 플로베르는 루앙 시내가 한눈에
내려다보이는 모뉘망탈 공동묘지 가족묘에 묻혀 있
다. 카뮈는 남프랑스 알프스 산자락의 고원 마을 루
르마랭 공동묘지에, 보들레르와 사르트르, 베케트, 뒤
라스는 파리 몽파르나스 공동묘지에 잠들어 있다. 모
두 한 번 이상, 여러 번 찾아간 곳들이다. 그들의 영면
처는 작가들의 도서관, 박물관과 같다. 가까이 또 아
주 멀리 그곳으로 가기까지, 그리고 돌아오기까지,
문학에 대하여, 문학 행위에 대하여 생각한다. 내게
문학이란 부재/무를 현존으로 되밟기이다. 부재/무
야말로 내 글쓰기의 기원이다.

시　소설가가 되기 전까지 나에게 문학은 곧 시

였다. 프랑스 문학을 전공하면서, 라신과 몰리에르, 보들레르와 랭보, 플로베르와 모파상, 사르트르와 카뮈 등을 제본을 뜬 원서로 배웠다. 보들레르와 랭보의 시들은 외워서 낭송해야 했고, 플로베르의 『마담 보바리』의 일부는 외워서 받아써야 했다. 그게 시험이었다. 인생에는 시적인 자의식이 충만한 시절, 존재 자체로 시인의 감수성을 가진 시기가 있고, 그것이 서정시대였음을 깨달은 뒤, 시적으로도 산문적으로도 자유로워졌다.

부조리극. 누보로망. 의식의 흐름 사뮈엘 베케트의 희곡 「고도를 기다리며」와 소설 『몰로이』를 만나면서 나의 문학은 시에서 희곡으로, 다시 소설로 옮겨갔다. 『몰로이』는 어머니를 찾아 헤매는 한 사내의 행로가 질서정연한 이야기로 이어지지 않는 소설이다. 소설을 쓰기 시작한 첫해, 「광장으로 가는 길」은 단편 부문에, 「겨울 여행」은 중편 부문에 투고했다. 「광장으로 가는 길」은 당선이 되었고, 「겨울 여행」은 최종심에 올랐다. 본심 심사위원이었던 김우창 선생은 의식의 흐름 기법이 돋보인다는 평가를 했다.

그때까지 나는 서사에서의 '의식의 흐름' 기법에 대하여 인지하지 못했다. 「광장으로 가는 길」에 대하여 김윤식 선생은 고백체의 내면으로 가는 길이라고 평가했다. 그 이후 지금까지 나의 소설의 본령은 의식의 흐름에 있음을 확인하는 과정이다.

이야기 데뷔작부터 초기 소설들은 시와 소설 중간 형태의 글쓰기를 꿈꾸었다. 이야기성이 배제된 중성의 글쓰기는 없을까. 여성, 남성보다는 중성의 화자는 없을까. 시작과 중간과 끝이 끊임없이 위치를 바꾸며 되돌려지는, 돌림노래 같고, 후렴구 같은 이야기는 없을까. 첫 소설집의 표제작인 「이야기, 떨어지는 가면」은 그런 무모한 생각의 소산이었다. 소설은 짊어진 이야기보따리(원체험)를 푸는 행위라는 것, 기억의 아홉 고개를 넘는 과정이라는 것을 김소진을 만나 체득했다. 그는 이야기의 재미, 이야기의 힘을 처음으로 느끼게 해준 소설가이다.

소설 쓰기가 아득해질 때 살다 보면, 또는 쓰다 보면, 길이 아닌 것 같은 곳에서 우연히 한 길이 나타나고, 한동안 그 길이 필연인 양, 그래서 운명인 양 그 길로 흘러간다. 개인에게 그것은 삶이 되고, 인류에게 그것은 역사가 된다. 그래서 어느 한순간, 역사는, 아니 삶은 필연이 작동시킨 우연이 아닌가, 착각 아닌 착각을 하게 된다. 아르테미시아 젠틸레스키, 나혜석, 앙토냉 아르토. 이들은 소설 쓰기가 아득해지는 순간에 나타난 존재들이다. 그들과 몇 년씩 동고동락하며 아프고, 슬프고, 벗어나고 싶은 순간들이 많았지만, 그들을 붙잡고 한 시기를 건너곤 했다.

테이블이 있는 곳이면 어디든! 지금 나는 눈을 떠서 감을 때까지 바다를 보고 살고 있다. 일명 '바닷가 서재'. 바닷가 서재 창가에 앉아 글을 쓴다. 오른쪽으로 고개를 돌리면 쪽배가 가는 듯 마는 듯 떠갈 때도 있고 떠나버리고 없을 때도 있다. 쪽배는 어디로 가는 것일까. 바닷가 서재를 떠나 여행지의 테이블에 앉아 있을 때에도 내 의식에는 항상 쪽배가 떠난다. 일명 '쪽배와 경쟁하기'. 서재를 벗어나면 탁자가 있는 곳이면 어디든 앉아서 쓴다. 소설가에게는 지력과 체력, 집중력과 인내력이 필수이다. 여기에 틈새 시간을 활용할 수 있는 순발력이 추가된다. 현대의 소설가는 생활인이다. 일반인과 같이 육아와 직장 생활을 수행하면서, 창작을 병행해야 한다. 소설은 쉽게 시작될 수 있을지언정, 끝까지 쉽게 이어질 수 없는 장르이다. 시작과 함께 기 싸움이 시작되고, 끝없이 두 갈래, 세 갈래로 갈라지는 탐색전이 치열하다. 한 순간 다른 데 눈을 돌리면 맥은 끊어지고 의미는 희미해진다. 일상생활에서는 이런 일이 반복된다. 일상생활, 또는 사회생활 속에 소설 쓰기를 이어가려면, 초인적인 순발력과 집중력이 필요하다. 바로 틈새 시간을 모으고 모아서 소설 쓰기에 응집시키는 것이다. 조각 시간 조각 글들이 모이고 모여서 소설의 기둥이 되고 지붕이 되고 집이 된다. '쪽배와 경쟁하기'라고 그럴듯하게 명명했지만, 사실은 소설가의 삶도 소설 쓰기도 시간과의 싸움이다. 생활인으로서 일상생활을 하면서 소설 쓰기를 위한 시간은 어디에서 어떻게 확보할 수 있는가? 테이블이 있는 곳이면 어디든!

현현. 마들렌. 에피퍼니　살아가면서 앞이 캄캄해지는 순간을 경험한다. 실내에 있다가 정오의 눈

부신 햇빛 속으로 나아갈 때, 또는 영화관 로비의 환한 조명 아래에서 휘장을 젖히고 어둠 속으로 들어갈 때, 두 눈을 뜨고 앞을 보고 있지만 분간할 수 없는 상황에 처하게 된다. 얼마 지나지 않아 빛은 빛대로, 어둠은 어둠대로 눈앞 본연의 모습을 드러내준다. 현현顯現의 순간이다. 카뮈는 이러한 진리를 스물세 살에 꿰뚫어 썼다. "어떤 시간에는 들판이 햇빛 때문에 캄캄해진다."[1] 카뮈의 현현은 프루스트의 마들렌 효과와 조이스의 에피퍼니와 동일한 세계이다. 아주 오래전에도, 현재도, 앞으로도 나에게 글쓰기는 현현의 문장, 마들렌의 에크리튀르, 에피퍼니의 미학에 있다.

마주하고 머물며 함께 살기　대상이 사물이든 사람이든 마주하는 마음으로 쓴다. 그들을 겪으며 그들과 머문다. 내 안에서 그들이 살도록, 살면서 문장과 단락, 장면이 빚어지고, 하나의 흐름이 되기를 기다린다.

1　알베르 카뮈, 『결혼·여름』, 김화영 옮김, 책세상, 1989, 13쪽.

제목 소설을 시작할 때 제목이 정해진 경우가 대부분이다. 제목이 착상되지 않으면 소설도 시작되지 않는다. 그만큼 나에게는 제목이 중요하다. 제목과 함께 첫 문장, 마지막 문장의 호응도에 집중한다. 제목과 첫 문장, 마지막 문장의 호응도가 서사 내부를 단단하게 결속시켜 줄 수도 있고, 서사의 규모를 효과적으로 증폭시켜 줄 수도 있다. 그러므로 평소 제목이 될 만한 어휘나 문구를 채집한다.

종소리 작가의 가족은 소설 속에서 살아간다. 첫 소설집을 출간한 이십 대 때 이후, 삼십여 년 동안 엄마는 나의 소설에 여러 차례 등장했다. 엄마 생애의 마지막 십 년간 나에게는 노년과 죽음이 화두였다. 그때 쓴 「환대」「구름 한 점」「상쾌한 밤」은 자연사, 안락사, 존엄사 문제를 소설의 형식으로 환기한 것이다. 엄마가 세상을 떠난 뒤, 나는 단편소설 「스페인 여행」을 썼다. 엄마를 생각할 때면, 이 소설의 종소리 부분을 가끔 꺼내 읽어본다. "그것은 일종의 추종이었다. 본능이나 기질에서 우러나오는, 무조건적인 것이었다. 종소리가 귀에 닿는 순간, 쏠려가듯 내 몸은 그것을 향해 달음박질쳐 가곤 했다. 그리고 그것은 어린 시절 엄마와 관계된 동작을 연상시켰다. 엄마가 외출했다가 돌아오거나, 학부모 모임으로 학교에 올 때, 또는 하굣길에 정류장으로 나를 마중나와 있을 때, 저만치 서 있거나 교문으로 걸어오는 엄마를 발견하는 순간, 내 몸은 쏠려가듯 엄마를 향해 달음박질쳐 가곤 했다. 엄마를 향한 달음박질은 유년기를 벗어나서도 변하지 않았다."[2]

애독서 눈 닿는 데마다 소설들이 놓여 있다. 늘 자리를 차지하고 있는 소설들은 플로베르, 프루스트, 버지니아 울프의 소설들이다. 이들과 나란히 막 발표되고 발행되는 국내외 신작 소설들이 함께한다. 이들을 펼쳐보는 것은 나에게 숨 쉬기 운동과 같다. 소설 이외에는 세계 지리와 인류학, 식물과 정원, 향기 관련 책들에 둘러싸여 있다.

애도와 추모 잃어버려도 좋을 것들, 잊어버려도

---

2 함정임, 『사랑을 사랑하는 법』, 문학동네, 2022, 104쪽.

좋을 것들, 그러나 어딘가에 살아 있을, 살아 있었으면 하는 것들을 써왔다. 잃어버리고, 잊은 것들이 다시 살아나는 순간을 사랑한다. 그 순간들을 쓰려고 한다. 어느 순간부터 소설 쓰기란 추모의 형식 이외에 아무것도 아니라는 생각을 한다. 사물이든, 사람이든, 사랑이든 저마다의 생이 있다. 미처 다가가지 못한, 미처 풀지 못한, 미처 주지 못한 마음들이 있다. 돌아보니, 유독 추모의 소설들을 많이 썼다. 소설을 쓰는 동안, 소설의 실제 인물이 이 생生에서 저 생生으로 떠나는 여정이 고스란히 담기는 경우도 있었다. 소설의 마지막 장면을 격렬한 감정을 가라앉히며 썼는데, 소설이 끝나자, 어떤 한 생生이 소설처럼 끝나는 일을 목도하기도 했다. 대개는 현실이 먼저 있고, 소설이 뒤따르는데, 때로 소설이 현실을 이끌기도 한다. 삶과 소설이 앞서거니 뒤서거니 오롯이 한 세상이고, 나는 다만 빌려 쓸 뿐이다.

지도　내가 처음 지도의 존재를 알게 된 것은 한글을 막 깨쳤던 초등학교 1학년 무렵이었다. 저녁 식사가 끝나고, 숙제까지 마친 오빠와 나는 지도를 펼쳐놓고 지명 찾기 놀이에 열중하곤 했다. 딱히 놀잇감이 없던 시절이었고, TV보다는 라디오에 친숙했던 시절이었다. 지도는 광활한 우주였고, 지명은 셀 수 없이 퍼져 반짝이는 창공의 별이었다. 그때 내 눈에 들어온 별들을 훗날 찾아나갔다. 낯선 세상 속으로 떠나는 일이 삶이 되어버린 건 지도 찾기의 황홀에서 비롯된 것이었다. 그때나 지금이나 지도는 나에게 미지의 언어이고, 소설이고, 문학이다.

길 얼떨결에 들어선 길, 처음엔 낯설고 두려웠으나, 돌아보니 길이 되었다. 어린 시절 지도 찾기에서 희미하게 나 있던, 그러나 분명히 존재하는.

사랑 사랑으로 치자면 소설은 내게 첫사랑이 아니다. 어느 순간 자각한 은밀한 가슴 뜀, 열병, 헛것에 대한 짝사랑이다. 이십 대 중반부터 삼십 년 넘게 소설을 쓰고 있다. 그럼에도 불구하고 소설은 여전히 시작되지 않은 이야기이고, 끝나지 않은 사랑이다.

소설엔 마진이
얼마나 남을까

초판 1쇄 2022년 11월 29일

지은이 김사과, 김엄지, 김이설, 박민정, 박솔뫼, 백민석, 손보미, 오한기,
　　　임　현, 전성태, 정소현, 정용준, 정지돈, 조경란, 천희란, 최수철,
　　　최정나, 최진영, 하성란, 한유주, 한은형, 한정현, 함정임
펴낸이 박진숙 | **펴낸곳** 작가정신
편집 황민지 | **디자인** 나영선
마케팅 김미숙 | **홍보** 조윤선 | **디지털콘텐츠** 김영란 | **재무** 이수연
인쇄 및 제본 한영문화사

주소 (10881) 경기도 파주시 회동길 216 2층
대표전화 031-955-6230 | **팩스** 031-955-6294
이메일 editor@jakka.co.kr | **블로그** blog.naver.com/jakkapub
페이스북 facebook.com/jakkajungsin
인스타그램 instagram.com/jakkajungsin
출판 등록 제406-2012-000021호

ISBN 979-11-6026-300-8 03810

이 책의 판권은 저작권자와 작가정신에 있습니다.
이 책 내용의 전부 또는 일부를 재사용하려면 양측의 서면 동의를 받아야 합니다.